θ/14

collection
« PLUME »

L'ESCALIER
ET AUTRES AMOURS DE SECOURS

Éditions de la Pleine Lune
223, 34ᵉ Avenue
Lachine (Québec)
H8T 1Z4

www.pleinelune.qc.ca

Maquette de la couverture
Nicole Lafond

Mise en pages
Jean Yves Collette

Photo de l'auteur
Pierre Robitaille

Photo de la page 114
Marie-Hélène Martel

Diffusion pour le Québec et le Canada
Diffusion Dimedia
539, boulevard Lebeau
Montréal (Québec)
H4N 1S2

Téléphone : 514- 336-3941
Courriel : general@dimedia.qc.ca

Distribution pour la France
Distribution du Nouveau-Monde
30, rue Gay-Lussac
75006 Paris

Téléphone : (01) 43-54-49-02
Courriel : direction@librairieduquebec.fr

Martin Vézina

L'ESCALIER

ET AUTRES AMOURS DE SECOURS

nouvelles

Pleine lune

La Pleine Lune remercie le Conseil des Arts du Canada ainsi que la Société de développement des entreprises culturelles (SODEC) pour leur soutien financier.

ISBN 978-2-89024-188-6

© 2008, éditions de la Pleine Lune

Dépôt légal – troisième trimestre 2008

Bibliothèque et Archives nationales du Québec

Bibliothèque et Archives Canada

À toutes les Marie de ce monde...
et aux amis qui permettent parfois de s'en passer

Où se trouve l'essence stable d'un « moi » ? [...] Quel est le laps de temps pendant lequel on peut considérer un homme comme identique à lui-même ?

MILAN KUNDERA,
Les Testaments trahis

D'ailleurs je ne pensais pas autrement, ne pouvant pas admettre qu'on fût fol ou fin par nature, persuadé au contraire que l'homme, de tous les animaux le plus démuni à sa naissance, devait tout à l'existence et que, faute de nature, il était une histoire.

JACQUES FERRON,
Le Pas de Gamelin

Le Clochard sans nom

La compréhension vient dans l'espace entre deux mots [...]. La compréhension n'est ni pour l'esprit vif ni pour l'esprit lent, mais pour ceux qui ont conscience de cet espace incommensurable.

KRISHNAMURTI,
Commentaires sur la vie

Je crains que nous ne puissions nous défaire de Dieu, car nous avons encore foi en la grammaire...

FRIEDRICH NIETZSCHE,
Crépuscule des idoles

Je n'ai jamais su son nom. Pour la plupart des gens du quartier, c'était un clochard parmi tant d'autres, peut-être un peu plus sale, un peu plus mal en point physiquement et psychologiquement, mais pas plus digne d'intérêt que les autres. Comme c'est souvent le cas pour les sans-abri, il était difficile de lui attribuer un âge précis. À première vue, on lui donnait une bonne soixantaine d'années ; mais en tenant compte du vieillissement prématuré entraîné par son mode de vie, je supposais qu'il devait plutôt en avoir une cinquantaine. C'était un homme grand et maigre, toujours vêtu d'un long paletot, même pendant les grandes chaleurs de l'été. Sur les trottoirs du faubourg Saint-Jean-Baptiste, on le voyait venir de loin ; à cause de sa grandeur et de son accoutrement bien sûr, mais aussi à cause de sa longue chevelure blonde, hirsute et parsemée de rastas. Dodelinant au-dessus de la mêlée, cette immense crinière faisait l'effet d'une tige de blé trop longue au milieu d'un champ de foin uniforme. Pour les gens du quartier, cette chevelure était devenue son signe distinctif. Pour moi, ce qui le distinguait c'était plutôt l'étrange lueur que je voyais parfois ondoyer à la surface de ses grands yeux cristallins. Bien qu'elle ne fût sans doute qu'une forme d'espièglerie, cette lueur dans son regard était peut-être aussi, me disais-je souvent, le signe d'une lucidité insolite. Car lorsqu'il accompagnait ce regard singulier d'un sourire à peine esquissé, j'avais la désagréable sensation d'être mis à nu, comme s'il voyait en moi et s'amusait de la superficialité de mes certitudes bourgeoises. Puis, lorsque ce sourire s'épanouissait enfin et laissait apparaître les quelques dents noircies qu'il lui restait, c'était comme si la lumière pure d'une enfance jalousement préservée venait transfigurer ce visage abîmé par la vie. En somme, j'avais l'impression que le génie et la folie, ces deux frères ennemis, se disputaient la possession de son âme sous le regard éteint des passants indifférents.

L'idée qu'il fût un funambule s'amusant sur la mince ligne qui sépare le génie de la folie était renforcée par le fait qu'il se baladait toujours avec un cahier sous le bras. Parfois, assis sur un banc de l'ancien cimetière qui servait de parc à notre quartier du centre-ville, le cahier ouvert sur ses genoux, il gribouillait nerveusement. C'est justement lors d'un moment comme celui-là que je l'abordai pour la première fois. Tout en marmonnant, il notait ses idées avec un bout de crayon à mine n'ayant plus que quelques centimètres de longueur. Spontanément, je m'approchai pour lui offrir le stylo que je traînais toujours dans la poche de ma veste. Il regarda pendant quelques secondes le stylo que je lui tendais, releva la tête et, tout en me gratifiant de son plus beau sourire, me remercia en m'expliquant qu'il n'écrivait qu'au plomb. Lorsque je lui demandai pourquoi, il me répondit, toujours souriant : « C'est comme moi, ça s'efface... » Je lui rendis son sourire et, comme j'allais partir, il ajouta : « Le tabac aussi est comme moi, car il part en fumée... » Je lui offris donc une cigarette, qu'il rangea derrière son oreille, et lui souhaitai une bonne fin de journée.

Quoique bref, ce premier contact excita ma curiosité. Chaque fois que je le croisais, c'est-à-dire presque tous les jours, nous nous souriions et lorsqu'il tendait discrètement la main, j'y déposais quelques pièces de monnaie. Lors de ces échanges pécuniaires, jamais il ne m'adressait la parole. Il se contentait de pencher humblement la tête vers l'avant en signe de reconnaissance. Ainsi, nous ne nous parlions que lorsqu'il était assis au parc, son cahier sur les genoux, à lire ou à écrire. Après qu'il eut refusé mon stylo, j'étais allé me faire une provision de crayons à mine de plomb. Je pus ainsi, la semaine suivante, lui offrir un crayon neuf. Il me remercia, glissa le crayon dans la poche de son paletot et se remit à écrire avec fébrilité.

Quelques semaines plus tard, j'eus l'idée de lui offrir un beau cahier à couverture rigide. Lorsque l'occasion se présenta, j'allai m'asseoir à ses côtés sur le banc public qui lui servait de bureau. Il me regarda d'abord avec suspicion car c'était la première fois que je m'assoyais avec lui. Je lui expliquai que j'avais un cadeau pour lui et sortis le grand cahier noir. Ses yeux s'illuminèrent. Il prit le cahier et caressa longuement le faux cuir dont il était recouvert. Il était visiblement ému, mais ne semblait pas trouver les mots pour exprimer cette émotion. Lorsque je le vis sur le point de pencher la tête, comme il le faisait habituellement pour la menue monnaie, j'interrompis son geste en lui tendant la main et en m'exclamant : « Moi, c'est Alexandre ! » Il me tendit sa main crasseuse mais ne répondit rien. J'insistai donc : « Et vous, quel est votre nom ? » Il s'assombrit aussitôt et me répondit sèchement : « Je n'ai pas de nom... il faut détruire les noms... c'est le diable qui nous donne des noms, ça lui permet de nous retrouver et de s'emparer de nos âmes. » Puis il se leva et partit précipitamment, son nouveau cahier et sa crainte du diable sous le bras.

Je fus par la suite plusieurs mois sans le croiser. L'hiver était arrivé et sans doute avait-il trouvé refuge dans l'une des maisons pour sans-abri de la basse-ville. N'empêche qu'il m'arrivait de songer à lui avec inquiétude ; peut-être était-il mort, de froid, de fatigue, ou emporté par Lucifer. C'est donc avec plaisir et soulagement que je le vis réapparaître au printemps suivant. Il avait cependant l'air vieilli. Il semblait encore plus maigre et fragile qu'à l'automne. Ses longs cheveux blonds étaient pris en pains et faisaient d'étranges palettes battant de chaque côté de sa tête. Et surtout, ses yeux n'avaient plus la couleur du ciel, mais celle du ciment du trottoir qu'il remontait péniblement. Lorsqu'il arriva à ma hauteur, je le saluai discrètement. Son regard croisa le mien, mais il n'eut aucune réaction. Ce n'est qu'après avoir fait une dizaine de pas de plus qu'il se retourna, m'examina longuement, puis sortit de son paletot, à peine quelques secondes, juste pour me dire qu'il me reconnaissait, le cahier que je lui avais offert. Je lui souris et le regardai tristement poursuivre sa pénible route vers une vérité sans nom.

Les semaines passèrent et, avec les premières chaleurs de l'été, il sembla retrouver une plus grande vigueur. Ce fut d'ailleurs par une belle journée ensoleillée du mois de juin que je le vis pour la première fois se remettre à écrire dans son cahier. Cela me réchauffa le cœur car c'était peut-être le signe que l'espoir renaissait en lui ; surtout, j'avais enfin un prétexte pour tenter de renouer verbalement avec lui. Je m'approchai donc, souriant, avec un crayon neuf à la main. Ce n'est que lorsque mon ombre recouvrit son cahier qu'il s'aperçut de ma présence. Je lui remis le crayon et lui demandai si je pouvais m'asseoir. Il acquiesça d'un sourire, mais se remit aussitôt à écrire. Je le laissai aller, jetant de temps à autre un coup d'œil rapide au cahier. Je ne parvenais cependant pas à déchiffrer l'écriture minuscule qui recouvrait les pages en tous sens. Je n'étais même pas tout à fait certain qu'il écrivît en français. Au bout d'un moment, il s'arrêta, referma le cahier et plongea son regard dans le vide immensément bleu du ciel. « Ça avance ? lui demandai-je alors doucement.

— Difficile, très difficile, se contenta-t-il de répondre en hochant la tête comme pour se confirmer à lui-même qu'il avait bien raison.

— C'est une histoire complexe ?

— C'est pas une histoire, c'est la réalité !

— Et la réalité est difficile ?

— Non, ce qui est difficile ce sont les mots ; il y a trop de mots menteurs, de mots faux qui sèment l'illusion. Ce qui est difficile, c'est de distinguer ces mots, de les démasquer et surtout de les éliminer ; car ils sont beaux, ces mots espions, et ils sont nombreux. C'est une armée secrète qui infiltre tout notre langage et notre pensée pour instaurer le règne du grand illusionniste, Satan lui-même, avec ses tentacules dotés de tant de mots tentateurs, invisibles ventouses avalant nos vulnérables vérités. Alors méfie-toi, la guérilla fait rage et l'illusion te guette au tournant de chaque phrase, embusquée derrière un point-virgule ou dans les tranchées vertigineuses des points de suspension... »

Il termina son explication en posant un doigt sur ses lèvres, comme pour s'assurer qu'aucun agent ennemi ne s'échappe de ma bouche pour venir semer le désordre dans les rangs de son discours de résistance. C'était une précaution bien inutile puisque son laïus m'avait laissé sans voix. Satisfait de l'effet qu'il venait de produire, il se leva et me salua d'un clin d'œil complice, comme si je faisais maintenant partie de sa milice de résistance à l'illusionnisme.

Par la suite, ce clin d'œil resta un signe de connivence entre nous. Même lorsque je glissais un peu de monnaie dans sa main, il ne souriait plus, n'inclinait plus humblement la tête, mais se contentait du clin d'œil devenu comme un code secret entre nous. Je continuai à m'asseoir avec lui régulièrement, lui offrant soit un crayon, soit une cigarette. Il ne me parlait jamais plus que quelques minutes. Ses délires me semblaient, d'une fois à l'autre, de plus en plus obscurs; ses paroles devenaient de plus en plus énigmatiques, comme s'il développait un langage codé réservé aux initiés d'une étrange résistance, dont j'étais sans doute le seul autre membre connu.

Un jour, je finis par lui avouer que je ne comprenais rien à ce qu'il racontait. C'était à la mi-août et j'étais en pleine préparation de la rentrée scolaire. Comme j'étais débordé, que je n'avais ni monnaie, ni crayon, ni cigarette, je n'avais pas l'intention d'arrêter lui parler ce matin-là. Cependant, pour la première fois, c'est lui qui me fit signe d'approcher et de m'asseoir. «Ça progresse sérieusement», me chuchota-t-il en jetant des regards inquiets tout autour pour s'assurer que personne n'écoutait. Puis il se lança dans l'un de ses délires coutumiers. N'étant pas d'humeur conciliante, je l'arrêtai rapidement et lui dis sans détour que son discours n'était que du chinois pour moi et que, s'il voulait que j'échange avec lui, il devait me parler plus clairement. Sa réaction me stupéfia. Sans aucune hésitation, d'une voix claire et parfaitement articulée, et avec un langage à la fois limpide et élaboré, il me répondit sur un ton presque professoral : «D'accord, je ferai pour toi une exception et utiliserai une dernière fois le langage ennemi. J'espère que tu sauras l'apprécier et que tu sai-siras cette chance, car si je le fais c'est parce que je te crois sur la bonne voie, celle de la vérité. D'ailleurs, si mes discours sonnent comme du chinois à tes oreilles, c'est signe que tu as déjà compris quelque chose; car bien que j'utilise encore beaucoup de mots français, ce n'est plus vraiment cette langue que je parle. Et c'est précisément là que réside le progrès crucial que je t'annonçais au départ. J'ai passé des mois à chasser les mots trompeurs, les éliminant un à un de mon vocabulaire. Je suis même parvenu à identifier, parmi ces mots trompeurs, les plus influents : je, me, moi ! Voilà l'état-major de l'armée de l'illusion. Mais même après avoir éliminé de mon langage ces hauts gradés de l'illusion, je sentais bien que l'ennemi m'assiégeait toujours. J'ai même cru un moment que je n'y parviendrais jamais, que la tâche était surhumaine. Jusqu'à ce que je comprenne qu'il ne fallait pas seulement attaquer ces éléments isolés que sont les mots, mais aussi, et surtout, la structure qui les unit et les fait concourir au dessein maléfique du Malin Génie. Car c'est tout le langage qui est créateur d'illusion ! J'ai donc compris qu'il fallait le réinventer ; ou plutôt, qu'il fallait créer une nouvelle forme d'expression qui ne serait pas une langue au sens traditionnel du terme. Une forme d'expression qui ne serait pas soumise à la pensée matérialiste, mais qui émanerait plutôt de l'intuition et qui se fonderait sur la subjectivité plutôt que sur une fausse objectivité. Une forme d'expression qui, n'étant plus l'outil et le prolongement de l'esprit de géométrie, cesserait de nous renvoyer constamment vers le passé ou le futur, ces deux illusions maîtresses qui nous voilent la seule vérité : le présent ! Un langage qui cesserait de nous aplatir sur la ligne univoque d'un temps et d'une pensée strictement pragmatiques. Être radical ! Être vertical ! pour mieux enculer l'horizontal... »

Là-dessus il se leva, s'éloigna en hurlant des paroles incompréhensibles et en esquissant un pas de danse. Décidément, j'avais affaire à un spécimen rare. Sa folie semblait résulter d'un acte volontaire de la raison. Mais bien qu'il m'eût fait un exposé fort bien articulé, l'ensemble de son discours ne me paraissait pas moins délirant pour autant. J'avais beau ressasser les thèmes récurrents de ses envolées oratoires – réalité et illusion, langage et pensée, le présent par opposition au passé et au futur – je n'arrivais pas à saisir le fil conducteur de ses délires, même si j'avais l'intuition que ce fil devait bel et bien exister.

Je fus plusieurs semaines sans le revoir. Avait-il décidé de combattre l'ennemi sur un autre front, dans un autre quartier? Avait-il été interné? Puis, un soir d'octobre, alors que je rentrais de l'université, je vis un attroupement dans le parc. Poussé par un étrange pressentiment, je m'approchai rapidement. Il y avait là trois ou quatre curieux et deux ambulanciers qui installaient le corps de mon clochard sans nom sur une civière. Lorsqu'ils s'apprêtèrent à l'emmener, je m'informai nerveusement de son état : «Est-il mort?

— Pas encore, répondit avec désinvolture l'un des ambulanciers, alors que l'autre riait de bon cœur.

— Où l'emmenez-vous?

— Au purgatoire», continua de badiner le premier.

Le second, prenant conscience que je m'intéressais réellement à cet être humain fatigué, m'expliqua : «On l'amène à l'Hôtel-Dieu. Il a eu un malaise cardiaque. Il s'en tirera pour l'instant, mais il semble vraiment au bout de son rouleau. »

Alors que l'ambulance partait en trombe et que les curieux s'éloignaient, je me retournai pour regarder le banc abandonné par celui que, dans ma tête, j'appelais pour la première fois mon ami. J'aperçus alors, sur le sol, son fameux cahier. Je m'agenouillai aussitôt pour le ramasser et le glissai rapidement à l'intérieur de mon manteau. Sans trop savoir pourquoi, je regardai anxieusement autour de moi pour m'assurer que personne ne m'avait vu ; comme si ce cahier avait été une pièce à conviction essentielle dans un grand procès, celui de la réalité.

Je ne dormis guère cette nuit-là. Évidemment, je la passai à tenter de déchiffrer l'intrigant cahier. Lorsqu'on s'en donnait la peine, les premières pages étaient aisément compréhensibles. Il suffisait de s'habituer à la calligraphie saccadée, à l'écriture lilliputienne, et de prendre le temps de tourner le cahier de tous les côtés ; car il n'y avait jamais deux phrases consécutives écrites dans le même sens. Une fois ces conditions réunies, je parvenais à faire émerger de ce chaos apparent des idées claires et distinctes. Je retrouvais dans ces pages les préoccupations dont il m'avait fait part lors de nos premières discussions, c'est-à-dire ses inquiétudes concernant les substantifs. Ainsi était-il écrit : « Le nom de la rose n'a pas d'odeur, mais il est une épine ! » Un peu plus loin, comme pour lui-même, il notait : « Méfie-toi si tu entends ton nom, c'est sans doute le Grand Inquisiteur du faux institutionnalisé, le Big Bras-Donneur qui veut t'enculer. Bouche tes oreilles et marche vite, les fesses bien serrées. » Enfin, il m'apparut que le passage suivant marquait en quelque sorte la fin d'une première partie : « J'ai gagné la première bataille : j'ai noyé mon nom dans le puits sans fond de la déraison. »

Par la suite, la lecture devenait plus ardue. Les formules étaient elliptiques, les phrases souvent incomplètes comportaient des blancs qu'il me fallait combler par déduction. Cependant, je compris très vite que ces difficultés étaient directement reliées à ce que j'avais lu précédemment. En effet, il essayait simplement de bannir de son écriture tous les noms et pronoms. Bien que l'intention fût claire, la réalisation d'un tel projet s'avérait fort difficile. Comment, en conservant un minimum de sens, éviter l'emploi de quelque nom commun que ce soit ? Pour contourner le problème, sans nullement le résoudre bien évidemment, il utilisait des abréviations, des homonymes, des calembours ou des anagrammes. Par exemple : « La guère continue. Résister, démasquer les m'hauts sécrétant le faut. » Ou encore : « S'attend partout dans le lent gage s'engage à tuer lavé rit et. » Parfois, je tombais à nouveau sur des phrases en français correct, mais elles n'étaient pas pour autant plus faciles à interpréter. Ainsi la formule suivante : « Dire c'est faire croire, croire c'est mentir. »

Déposant le cahier pour reposer mes yeux un moment, je me rappelai soudain un texte d'Umberto Eco traitant de cette vieille lubie, sans doute aussi ancienne que la civilisation humaine, d'une langue parfaite. Des premiers grammairiens de l'Antiquité aux linguistes modernes, de Dante à

Joyce, du kabbaliste Abulafia à Noam Chomsky, de Vico aux spécialistes actuels de l'intelligence artificielle, combien de chercheurs méticuleux, de poètes, de philosophes ou de mystiques ont pu se frotter à ce problème de la vérité du langage ! Combien se sont mis en quête d'une langue à la fois naturelle et universelle ! Certains ont espéré la retrouver en retournant aux commencements, cherchant le langage prébabélique, celui par lequel Adam et Dieu avaient pu se comprendre, essayant de reconstruire une langue mère qui serait à l'origine de toutes les langues parlées par l'humanité ; d'autres, se disant qu'une grammaire idéale ne pouvait qu'être calquée sur la grammaire de nos pensées, l'ont imaginée dans un avenir lointain, résultat d'une patiente construction ayant pour modèle l'architecture toujours en évolution de l'esprit humain. Ce fantasme d'une langue, réconciliant les mots et les choses, qu'elle soit envisagée comme langue première ou langue dernière, semble indissociable de la quête humaine de savoir. Et le clochard sans nom, que pouvait-il bien savoir de ces débats théoriques ? Chose certaine, il en savait suffisamment pour que le caractère dérisoire des attaques strictement orthographiques contre la langue ne puisse lui échapper. Il était sûrement conscient qu'il n'altérait en rien le fonctionnement symbolique du mot en l'orthographiant de manière inusitée, que ce faisant il égratignait à peine la surface des concepts qu'il souhaitait dénaturer, ou plutôt « renaturer ». En reprenant la lecture du cahier, j'eus rapidement la preuve qu'il était conscient de cette insuffisance puisqu'il allait, dans les pages suivantes, beaucoup plus loin dans son entreprise de déconstruction du langage.

En effet, plus je tournais les pages, plus son jeu se perfectionnait. Je retrouvais çà et là un mot français perdu entre des mots aux consonances étrangères, des néologismes de toutes sortes et des onomatopées. Évidemment, tout cela n'était pas sans me rappeler l'exploréen de Claude Gauvreau. Pourtant, l'esprit du cahier que j'avais entre les mains me semblait fort différent de celui qui présidait aux recherches du poète. Je survolai plusieurs pages sans comprendre quoi que ce soit, jusqu'à ce que je tombe sur une formule qui retint mon attention : « Honnir vanna lego. » Bien sûr, le troisième mot évoqua tout d'abord les blocs de mon enfance. Mais je remarquai ensuite qu'il suffisait d'ajouter une apostrophe après le « l » pour que ces trois mots forment une phrase française, étrange mais correcte, qu'on pourrait paraphraser ainsi : la haine épuisa l'ego. En même temps, ces mots me semblaient avoir une conso-nance latine. Je m'amusai donc à les prononcer à voix haute en variant le débit et en déplaçant les accents toniques. C'est ainsi que je découvris, au cœur de cet aphorisme curieux, la présence du mot nirvana. En jouant avec les syllabes, j'en vins à la conclusion que deux incantations étaient cachées dans ces mots : « Honnir l'ego » et « Ô nirvana ». On pouvait peut-être même traduire : « Honnir l'ego [mène] au nirvana. »

Cela me fit prendre conscience que les discours que le clochard m'avait tenus étaient souvent teintés d'orientalisme. C'était une évidence à laquelle je n'avais pas vraiment porté attention jusque-là. Je me rappelai entre autres ses remarques sur le présent comme seule réalité possible, ses allusions aux pièges tendus par la pensée. Et n'était-ce pas clairement bouddhique de présenter le «je» comme le général des mots semeurs d'illusion? La colère de ne pas y avoir pensé plus tôt me donna l'énergie de poursuivre mon examen du cahier. Avec cette nouvelle clef de lecture, je parvins à décrypter d'autres bouts de phrases qui, à première vue, pouvaient ressembler à de mauvais essais de surréalisme. Par exemple, je compris qu'il ne traitait pas Dali de déficient intellectuel lorsqu'il écrivait: « Ti-coune Dali nie π chaque rat boum », le tout répété sept fois, c'est-à-dire autant de fois qu'il y a de chakras sur le corps humain selon plusieurs traditions hindoues. Je compris également que son « Tuya gogo Tuyo gaga » n'était ni un exercice de diction à répéter plusieurs fois rapidement, ni un tube disco, mais bien un mantra invitant au yoga. Enfin, je pus traduire son « Dessous traverse à l'ivreté » par : « Des sutras versent la vérité ».

Cependant, malgré le plaisir que je prenais à déceler des éclats de sens dans l'explosion de folie que j'avais sous les yeux, je n'avais pas le sentiment de cerner davantage le personnage. Avais-je affaire à un maître soufi? À un bodhisattva? Ou à un simple fou s'amusant à jouer avec les mots sanskrits qu'il connaissait? D'ailleurs, j'ai même cru pendant quelques secondes que les deux dernières pages du cahier pouvaient être rédigées en sanskrit; mais en y regardant de plus près, je dus admettre qu'il s'agissait de signes graphiques de sa propre invention, comme s'il avait voulu créer un nouvel alphabet pour paver la voie à une langue nouvelle. Chose certaine, qu'il ait été sur la voie de la sagesse ou seulement sur celle de la folie ne changeait rien à l'évidence suivante : cet homme n'était nullement dépourvu d'intelligence et possédait une très vaste culture.

Ce sont les premières lueurs de l'aube qui me tirèrent de mes réflexions et me firent prendre conscience du temps que j'avais mis à feuilleter le cahier. Devinant que celui-ci ne m'en révélerait pas davantage sur son auteur que ce que j'y avais découvert jusque-là, je décidai d'aller le lui rendre immédiatement. Cependant, en marchant vers l'hôpital dans la ville toujours endormie, un doute me vint : ne devrais-je pas plutôt remettre ce cahier à son médecin traitant ? Au psychiatre qui devait s'occuper de lui ? C'est du moins ce que le bon sens recommandait. Ce cahier serait peut-être utile entre les mains d'un spécialiste. Peut-être pouvait-on encore, par l'intermédiaire de ce spécialiste, sauver cet homme de lui-même. J'hésitais toujours lorsque j'entrai dans l'hôpital. Mais après avoir passé plus d'une demi-heure dans ce complexe immense, allant d'un comptoir d'information à un autre à la recherche d'un être humain, ma décision fut prise : je n'arrivais plus, en mon for intérieur, à me convaincre que l'institution dans laquelle je m'égarais était nécessairement plus saine que les délires griffonnés dans le cahier que j'avais sous le bras. Bien que j'aie toujours vécu à l'intérieur des normes établies par la société, bien que je ne transgresserai probablement jamais ces règles, je ne me sentais pas l'autorité de décider pour un autre homme qu'il avait tort, qu'il s'était fourvoyé sur ce qu'était la réalité et le bonheur. Longeant les interminables couloirs gris éclairés au néon, je ne pouvais décemment affirmer que c'était là un milieu plus propice à la vérité que les fantasmes autour desquels gravitait l'esprit du clochard. Avais-je été contaminé par la lecture du cahier ? Étais-je moi-même en train de perdre la raison ? Chose certaine, en allant rendre ce cahier, j'avais soudain l'impression d'accomplir un devoir, de remplir une mission. Plus les numéros des chambres défilaient sous mes yeux, plus je me sentais comme un espion derrière les lignes ennemies, comme l'agent d'une guérilla surna-turelle ; c'était maintenant clair que la remise du cahier à un médecin eût été un geste infâme, un acte de haute trahison !

C'est donc avec anxiété que je poussai la porte du 31416. Lorsque j'aperçus le visage sans vie et sans expression qui reposait sur l'oreiller, je crus m'être trompé de chambre. La longue et légendaire chevelure blonde du clochard, tout comme sa barbe, avait été complètement rasée. C'était comme si on l'avait dépossédé de son dernier signe d'identité, de ce par quoi tous le reconnaissaient en ville. De plus, cela faisait ressortir la maigreur extrême de sa figure. J'avais l'impression de voir tout le tragique de la condition humaine apparaître en relief dans les rides ravinant son visage. Pourtant, malgré toute la souffrance inscrite sur ce visage, il en émanait une étrange et douce quiétude. Très faible mais régulière, sa respiration était à peine perceptible. Ses traits étaient détendus. Je passai un long moment à contempler ce visage tranquille. Plus je le regardais, moins j'avais le sentiment d'être face à une victime malheureuse ; plus je le regardais, plus j'avais le sentiment d'être devant un ascète au seuil de son ultime victoire.

C'est lorsque je déposai délicatement le cahier sur sa poitrine qu'il prit conscience de ma présence. Il ouvrit lentement les yeux et, après quelques secondes, je lus dans son regard qu'il m'avait reconnu. Mais ses paupières fatiguées se refermèrent presque aussitôt. « Je suis venu vous rapporter votre cahier », lui murmurai-je doucement. Il esquissa un sourire puis, sans même rouvrir les yeux : « Ce n'est plus mon cahier ; n'ai plus rien, ne suis plus rien et tout est bien... » Je ne savais trop que répondre. Je restai là, la gorge nouée par l'émotion. Pour lui faire mes adieux, je posai ma main sur la sienne. Il bougea un peu la tête, comme pour répondre à mon geste. Lorsque je retirai ma main et me retournai pour partir, il m'arrêta d'une voix un peu plus forte : « Hé ! N'oublie pas le cahier, ça peut te servir ; tu sais bien que la guérilla se poursuit... » Il me tendit le cahier tout en me souriant comme à ses beaux jours ; sourire édenté d'un vieillard qui ressemble au sourire d'un enfant moqueur. Un court instant, je vis réapparaître dans son regard cette lueur espiègle qui m'avait toujours décontenancé.

Et je ne sus jamais s'il ne faisait que s'amuser avec la vie. Aujourd'hui encore, il m'arrive de me demander s'il s'est joué de moi...

Deux ultimatums
pour un déménagement

Le passé c'est un luxe de propriétaire. Où donc conserverais-je le mien ? On ne met pas son passé dans sa poche, il faut avoir une maison pour l'y ranger.

JEAN-PAUL SARTRE,
La Nausée

Je déteste déménager. Mais là, je n'avais pas vraiment le choix, c'était un ultimatum : ou nous nous installons ensemble, comme un vrai couple, ou nous nous laissons. Est-ce l'amour ? La peur de la solitude ? La perspective de finir mes jours seul ? Car il faut bien l'admettre, avec mes cinquante ans bien sonnés et mon statut social – j'ai beau me considérer comme un écrivain, pour la plupart des gens je suis d'abord et avant tout un sans-emploi – j'imaginais difficilement comment j'aurais pu me trouver une autre compagne. Et puis ça faisait tout de même cinq ans qu'elle endurait tous mes petits caprices ; alors je me suis dit qu'elle méritait bien ce sacrifice. Enfin, peu importe l'écheveau de mes motifs conscients et inconscients, j'ai décidé de plonger. Pour le meilleur et pour le pire, comme ils disent. Une nouvelle vie m'attendait et j'essayais de puiser dans cette idée l'excitation nécessaire pour combattre mon inertie naturelle.

Mais pour commencer une nouvelle vie, il faut d'abord liquider celle qu'on a déjà. Et la mienne était plutôt bien remplie. Rien d'extraordinaire bien sûr, mais des centaines de petites choses accumulées distraitement, sans trop m'en rendre compte. En vingt ans de sédentarité, c'est incroyable ce qu'on peut amasser : sur des tablettes, dans des placards, des coffres et armoires de toutes sortes. Chaque recoin de mon quatre pièces était occupé. Même les espaces inoccupés, et j'en prenais conscience pour la toute première fois, n'étaient pas simplement du vide. Ces espaces étaient bel et bien quelque chose, quelque chose d'essentiel même, puisqu'ils étaient des lieux de passage : de la cuisinière à la table, de la salle à manger au salon, du divan au téléviseur, du salon à la chambre à coucher, du lit à la commode, de la chambre à coucher à la salle de bains. Ces espaces n'étaient rien de moins que les veines permettant à la vie de circuler dans mon appartement, de l'animer – au sens propre de lui donner une âme – et d'en faire un organisme vivant. C'est ainsi, en me demandant par où j'allais commencer la mise en boîtes des vingt dernières années de ma vie, que je découvris l'ampleur du mot habité.

Ce fut un peu comme une révélation. J'entrai dans une espèce de transe, un état d'esprit étrange où mes sens acquéraient une acuité inhabituelle. Les objets familiers, toutes choses qui m'entouraient depuis si longtemps, semblaient soudain investis d'une nouvelle présence maintenant qu'il me fallait les imaginer ailleurs : dans un camion, un autre logis, ou même à la poubelle puisque le nouvel appartement ne pourrait contenir mon ménage et le sien réunis. Fasciné par la multiplicité des objets peuplant mon univers, je fis le tour des pièces plusieurs fois. Non seulement les objets m'interpellaient, mais ils semblaient même se parler entre eux : la causeuse, répondant au téléviseur, était secondée par la table de coin sur laquelle un cendrier nomade avait choisi de faire une halte ; la cuisinière, de son gros œil, faisait du charme au frigo qui acquiesçait d'un ronronnement félin. Évidemment, tout cela peut paraître banal ; on ne place jamais une causeuse face au frigo ! Cependant, c'était la première fois que l'ensemble de cette organisation m'apparaissait de manière aussi nette. Ce système complexe, c'est pourtant bien moi qui l'avais petit à petit érigé, perfectionné au fil des ans, mais sans trop y faire attention, sans avoir de plan précis dans l'élaboration de mon habitat. Je n'avais donc jamais pris conscience de m'être créé un univers aussi bien structuré. Ce n'est que lorsque je cherchai par où commencer le démantèlement de cette structure que celle-ci m'apparut dans toute sa complexité. Soudain, le décor dans lequel je jouais mon existence devenait un personnage ; il prenait vie et voulait affirmer son sens et celui des objets participant de son intelligibilité. Je me sentis mal. J'étais un peu étourdi et je dus m'asseoir.

Histoire de me calmer, je décidai de fumer une cigarette. Alors que j'expirais lentement la fumée d'une profonde bouffée, mon regard se fixa sur une tablette où trônaient des objets rappelant mon premier grand voyage : un périple de quinze jours en Israël, organisé par mon professeur de religion du secondaire. J'avais à l'époque seize ans et, avec une quinzaine d'autres étudiants de mon âge, j'avais passé deux semaines à suivre les traces de Jésus en Terre Sainte. Ce voyage fut une étape importante de ma vie, une sorte de passage initiatique vers la vie adulte. J'étais allé en Israël pour raffermir une foi vacillante et, plutôt que d'en revenir plus sûr de mes croyances, j'ai rapporté de ce voyage plein de questions insolubles sur le sens de la vie et la condition humaine. Même si depuis je suis devenu agnostique, je continue de récolter les fruits de ce voyage, car ces interrogations sont encore aujourd'hui l'axe autour duquel ma vie s'enroule indéfiniment.

Mais voilà qu'en contemplant les objets commémorant ce grand moment de ma vie, aucun souvenir ne me revenait à la mémoire. Même la Thora miniature, pièce chérie entre toutes, me laissait froid. Quel sens pouvaient bien avoir ces objets s'ils ne suscitaient plus d'émotion en moi? Je cherchai alors quels étaient les souvenirs les plus vivaces que je gardais de ce voyage. Était-ce le mur des Lamentations? Le Saint-Sépulcre? La mosquée d'Omar? Non, le premier souvenir qui me revint spontanément à l'esprit, c'est une soirée passée seul dans ma chambre d'hôtel, à pleurer sans trop savoir pourquoi. C'était un vendredi soir puisque tout le reste du groupe était parti au mur des Lamentations assister à la cérémonie célébrant l'arrivée du Sabbat au coucher du soleil. Pour la majorité de mes compagnons, cette célébration grandiose, où des centaines de personnes prient à l'unisson face à une ruine portant la mémoire de leur civilisation, fut le moment le plus marquant de ce périple. Pour moi aussi, seul dans ma chambre d'hôtel, ce fut un moment marquant qui préfigurait ce que serait le reste de ma vie: une tension inexorable entre la soif de l'autre et le goût de la solitude. Depuis, comme un funambule, je refais sans cesse le périlleux pari de traverser le fil de ma vie en trouvant le difficile équilibre entre la fidélité à soi-même et les compromis nécessaires à la rencontre de l'autre.

En regardant à nouveau le petit autel que j'avais consacré à ce voyage, je me dis que les objets qui y étaient exposés avaient peut-être eu un effet pervers. En leurs confiant la tâche de perpétuer le souvenir de ce voyage, ne m'étais-je pas, inconsciemment, délesté de mon propre devoir de mémoire ? Les souvenirs qu'ils étaient supposés porter, je n'avais plus à les porter en moi-même. En investissant ces objets d'un illusoire pouvoir de mémoire, je me serais donc désinvesti de ma propre histoire. La preuve *a contrario* en était, me semblait-il, le fait que le souvenir le plus puissant, le plus persistant, qu'il me restait de ce voyage, ne pouvait être incarné matériellement, ne pouvait être lié à aucun objet. J'eus alors un mouvement de dégoût pour ces bibelots et une envie soudaine de m'en débarrasser. Mais je ne pouvais en arriver là : c'était tout de même leur présence qui m'avait entraîné dans mes lointains souvenirs...

Alors, cherchant à me raisonner, je me dis qu'il fallait d'abord être rationnel et méthodique ; pour régner, diviser les objets en catégories et sous-catégories, chacune de celles-ci devant correspondre à un type de boîtes. La première division qui me vint tout naturellement à l'esprit fut celle de l'utile et de l'inutile. Mais je m'aperçus presque aussitôt des limites d'un système de classement aussi réducteur : il m'était beaucoup plus facile d'abandonner des choses utiles, comme la cafetière, que des choses inutiles, comme une toile de piètre qualité peinte par un ami. Et c'était vrai pour la majorité des objets de ce genre; si je les avais conservés malgré leur inutilité foncière, c'est nécessairement parce qu'ils étaient porteurs de sens. J'ai alors songé qu'il me faudrait bien retrouver l'origine de cette citation, d'Oscar Wilde, je crois, selon laquelle la seule chose essentielle dans la vie, c'est le superflu.

J'étais encore à essayer d'élaborer une stratégie de classement lorsque Marie-Claire arriva. Toujours rayonnante de pragmatisme, véritable Cléopâtre de la domesticité, elle s'étonna avec amusement de mon désarroi. Son sourire condescendant éveilla un soupçon chez moi : le nouveau bail que j'allais signer allait-il s'avérer une soumission contractuelle à un règne matriarcal traditionnel ? À une tyrannie douce ? Ce doute me rendit maussade et taciturne. Pour m'empêcher de trop réfléchir, elle me tendit une boîte et lança avec une bonne humeur affectée : « Il suffit de commencer par la première ! »

Nous commençâmes prudemment par les objets dont l'utilité semblait la plus évidente : la vaisselle et les divers instruments de cuisine. C'était peine perdue. Très vite des conflits larvés apparurent. J'avais beaucoup trop d'assiettes et sa vaisselle, assurait-elle, était bien plus jolie que la mienne. De plus, elle avait un grille-pain presque neuf alors que le mien, dit-elle avec dédain, n'était plus bon qu'à amasser les miettes. Je cédai d'un grognement sourd et décidai de quitter aussitôt ce champ de mines que devenait la cuisine pour un terrain plus neutre. Quelques boîtes en mains, je me dirigeai vers ma bibliothèque. Elle n'oserait tout de même pas me dire que ses livres étaient plus jolis que les miens ! Je pus ainsi remplir une dizaine de boîtes en toute quiétude, pour ne pas dire dans un état de recueillement apaisant. J'entendais bien, de temps à autre, des bruits de vaisselle entrechoquée, mais je les étouffais entre les bouquins que j'empilais les uns sur les autres. Malheureusement, ma bibliothèque n'est pas infinie et il me fallut bien revenir à la réalité, c'est-à-dire à la cuisine.

Marie-Claire avait, elle aussi, rempli plusieurs boîtes : trois d'un côté, deux de l'autre. Elle m'expliqua que les deux boîtes de droite contenaient la vaisselle que nous allions garder, alors que les trois de gauche étaient à donner à une œuvre de charité. Elle me suggéra de vérifier si ce partage me convenait. Je n'avais pas vraiment envie de négocier la vaisselle mais, pour éviter les habituels reproches d'indifférence et de nonchalance, je consentis à jeter un coup d'œil rapide aux boîtes potentiellement litigieuses. Je regardais distraitement les boîtes de bienfaisance lorsque j'aperçus dans l'une d'elles mon cendrier préféré. Je le pris et le contemplai longuement. C'était un vieux cendrier craquelé et ébréché à quelques endroits. Je l'avais acheté à Rome lors de mon premier voyage en Italie une trentaine d'années plus tôt. On y devinait encore, quoique difficilement, les formes générales du Colisée ; au fil des ans, les milliers de mégots écrasés avaient effacé une bonne part de l'imprimé blanc se détachant sur fond bleu marine. Je souris devant cette drôle de mise en abyme où les cendres, ruine ultime et symbole par excellence de ce qui n'est plus, avaient anéanti l'une des plus célèbres ruines du monde.

Absorbé par ma rêverie, sa voix ne me parvint d'abord que comme un écho lointain. Elle disait m'avoir gardé deux autres cendriers et que ce serait bien suffisant puisque j'avais promis de ne fumer que dans mon bureau. La cigarette étant un sujet délicat entre nous, j'imaginais difficilement comment je pouvais lui faire comprendre mon attachement pour ce cendrier. Sûrement pas en lui vantant ses qualités pratiques : format idéal qui, grâce à sa profondeur, pouvait contenir une montagne de mégots sans prendre trop de place sur un bureau ; petit reposoir efficace et sécuritaire où je pouvais oublier ma cigarette sans crainte, la laisser se consumer et répandre ses volutes sans m'inquiéter qu'elle ne tombe pendant que je m'acharne sur mon clavier. Mais il était encore plus téméraire d'essayer de lui faire comprendre que cet objet banal, et même un peu répugnant pour elle, avait quelque chose de sacré pour moi ; que c'était un instrument de culte, qu'il faisait partie de mon rituel de travail depuis presque toujours et qu'il était devenu l'encensoir me permettant de célébrer la transmutation du rêve en réalité, et vice-versa.

Je ne me souviens plus comment la discussion a débuté précisément, ni comment elle s'est envenimée. Je me rappelle seulement qu'à un moment elle m'a comparé à un enfant qui refuse de se séparer de son ourson en peluche tout déchiqueté, qu'elle a parlé de fétichisme puéril et qu'elle a conclu sa tirade par un éclat de rire blessant. C'était un rire ignorant tout de la magie que peuvent receler la vie, les choses et les regards qu'on porte sur elles. Et pendant que s'étirait son rire insipide de bourgeoise satisfaite d'elle-même, j'aperçus mon reflet au fond du cendrier. C'était une image floue où je devinais bien la forme de mon visage, mais sans pouvoir y distinguer les rides qui s'y étaient accumulées au cours des trente dernières années. En somme, je me revoyais un peu comme j'étais lorsque j'ai acheté ce cendrier, le premier jour du printemps soixante-dix-neuf à Rome. Lorsque son rire s'éteignit enfin, je lui dis froidement : « Tu m'aimeras avec ce cendrier ou tu ne m'aimeras plus, c'est un ultimatum ! »

Rendez-vous manqué

*... [la mort] est bien ce qui n'arrive à personne,
l'incertitude et l'indécision de ce qui n'arrive
jamais, à quoi je ne puis penser avec sérieux, car
elle n'est pas sérieuse, elle est sa propre imposture,
l'effritement, la consumation vide, – non pas
le terme, mais l'interminable, non pas la mort
propre, mais la mort quelconque, non pas la mort
vraie, mais, comme dit Kafka, « le ricanement
de son erreur capitale ».*

MAURICE BLANCHOT,
L'Espace littéraire

Il a toujours su qu'il allait mourir. Non pas de cette connaissance vague et abstraite qu'ont la plupart des gens de ces choses, qui disent distraitement, entre deux gorgées de bière : « on va tous passer par là » ; lui, c'est de tout son corps que, jour après jour, il apprivoisait un peu plus sa mort, comme si chacune de ses respirations était un pas de plus qu'elle eût enfoncé dans la terre molle de ses viscères. Elle était en lui comme un fil d'Ariane qui le guidait à travers les méandres labyrinthiques de sa vie. Il avait même souvent l'impression qu'elle lui parlait directement du creux de sa conscience, qu'elle lui soufflait les réponses dans certaines situations. Il se disait alors que c'est peut-être ça que certaines personnes considèrent comme leur ange gardien. Il arrivait même qu'elle parlât carrément à sa place, ce qui n'était pas sans le vexer, car il avait beau avoir accepté leur inéluctable partenariat, il n'était tout de même pas question qu'elle empiète sur son territoire, celui de la vie !

Heureusement, cela n'était arrivé qu'en de très rares occasions. Il pouvait ainsi passer, aux yeux des gens qui le côtoyaient, pour quelqu'un de relativement normal. À la banque où il était employé, ses supérieurs avaient toujours été très satisfaits de son travail. Cependant, ni ses supérieurs ni ses collègues ne se sentaient d'affinités avec cet être trop réservé, peut-être même un peu froid et distant. Car bien qu'il fût toujours et en toutes circonstances d'une courtoisie exemplaire, jamais il ne fraternisait avec les autres employés, jamais il ne participait aux activités organisées par le club social de l'entreprise, jamais il n'allait dîner avec ses collègues, ni même prendre un verre avec eux après le travail. Durant les pauses café, il parlait peu et souriait à peine aux meilleures blagues. Cette attitude, ou plutôt cette personnalité, avait sûrement nui à son avancement professionnel. Lorsqu'un nouveau poste s'ouvrait, même s'il avait bien plus que les compétences requises, les dirigeants trouvaient toujours une façon d'accorder la promotion à quelqu'un d'autre, quelqu'un dont ils se sentaient plus proches et avec lequel ils étaient plus à l'aise. Pour se justifier et se donner bonne conscience, ils utilisaient habituellement une formule du genre : « C'est pas sûr qu'il ait les habiletés sociales nécessaires pour ce genre de fonction... » Lui ne se préoccupait guère de cela ; il était satisfait de son poste et avait bien assez d'argent pour mener la vie qu'il souhaitait, c'est-à-dire pour suivre tranquillement le cheminement de sa mort.

À la banque, tous le croyaient sans famille. En fait, c'était justement pour avoir cette sensation d'être sans famille, seul au monde, qu'il s'était établi à Montréal. Il avait fui son village natal comme on fuit son destin. Les obligations familiales lui pesaient comme un péché originel qu'il considérait tout à fait injuste. Il n'avait rien fait pour mériter une telle famille! Il s'était donc révolté contre Dieu, le destin et la famille. C'est durant le voyage en train qui le menait de l'Abitibi à Montréal qu'il eut l'impression de devenir enfin lui-même, qu'il se délivra de l'éducation qu'on lui avait imposée pour devenir une sorte d'orphelin errant. Ce voyage, longuement préparé et médité, avait été pour lui comme un pèlerinage vers la liberté, la concrétisation ultime d'une patiente maturation ayant débuté avec les premiers signes de la puberté. Bien qu'il n'ait été que le couronnement d'un long processus, ce voyage était toujours demeuré dans son esprit un moment emblématique de sa vie. L'adolescent tourmenté qui était monté dans le train à Amos n'existait plus lorsque la longue chenille de fer s'arrêta au quai de la gare Windsor à Montréal; le jeune Abitibien timoré n'était plus qu'une coquille vide qu'il abandonna sur la banquette de cuirette rouge, et il sortit de son wagon comme un papillon se libère de son cocon. Cette expérience ferroviaire, qui fut pour lui presque mystique, explique peut-être pourquoi, même s'il ne voyagea jamais plus, il aimait tant passer de longues heures dans les gares à regarder les gens se quitter et se retrouver. Lieux de recueillement et de méditation, les gares avaient pris la place des églises dans sa vie.

Les gens autour de lui se demandaient parfois s'il avait seulement des amis. Lui-même n'aurait pas su répondre à cette question. Assurément, il en avait eu au moins un : Octave, un Français qui, dans le cadre d'un échange franco-québécois, était venu étudier à l'Université de Montréal. Ils partageaient tous deux la même passion pour la littérature et la philosophie. De plus, ils avaient des tempéraments complémentaires ce qui, pendant près d'un an, les rendit presque inséparables. En plus d'assister aux mêmes cours, ils passaient de longues soirées, et parfois même des nuits entières, à débattre de leurs lectures et à discuter. Il avait d'ailleurs l'impression d'avoir autant appris à travers ces discussions que dans les amphithéâtres de l'université. C'est à cette époque qu'il commença à mieux comprendre, à force de vouloir l'expliquer à son ami français, l'importance de la mort dans sa vie.

Cependant, cette compréhension était davantage théorique durant ces années d'étude. Elle s'appuyait beaucoup sur ses lectures, que ce soit Montaigne, Schopenhauer, Kafka ou Camus. Sa conscience de la mort était alors médiatisée par des concepts. C'était une conscience réelle de la mort, bien sûr, mais ce n'était pas encore la conscience de *sa* mort. C'était une pensée qui ne s'était pas encore incarnée et transformée en symptôme physiologique.

Cette évolution fut soigneusement consignée et analysée dans la correspondance régulière qu'il entretint, plusieurs années durant, avec son ami Octave, après que celui-ci fut retourné en France. Peu importe ce que son ami pouvait lui raconter dans ses lettres – l'achèvement de ses études, les débuts de sa vie professionnelle, son mariage ou la naissance d'un premier enfant – il lui répondait invariablement en lui donnant des nouvelles de sa mort, des dernières manifestations de sa lente progression. Il ne songea même pas à mentionner son étonnant abandon des études en philosophie pour celles en économie, et ne fit jamais allusion à son travail à la banque. Seule la mort semblait mériter qu'il prenne la plume pour elle, comme un chevalier tirait autrefois l'épée pour l'honneur de sa princesse.

Sans doute cette obsession finit-elle par ennuyer son correspondant puisqu'il cessa, sans avertissement ni explication, de répondre à ses lettres. Étrangement, cette absence de réponse de son interlocuteur ne le troubla guère. Il fit bien quelques suppositions, justifia d'abord ce silence par d'hypothétiques grèves ou lacunes dans le système postal français, mais continua d'écrire à son ami à tous les trois mois, comme il l'avait toujours fait et comme si de rien n'était. Ses lettres étaient toujours écrites sur le même ton. Il ne manifesta aucune déception, ne demanda aucune explication à son interlocuteur, de plus en plus irréel. Il continuait simplement à lui raconter ses échanges toujours plus intimes avec la mort et, quand c'était nécessaire, prenait même soin de pallier le mutisme de son ami en supposant les objections qu'il aurait pu lui faire : *J'imagine déjà ton désaccord et le ton caustique de ton éventuelle réponse... Connaissant ton côté épicurien, tu me diras sans doute qu'il faut bien vivre en attendant...*

Même après une dizaine d'années, il n'avait jamais songé à éclaircir la situation. Lui qui se souciait tant de la mort, il n'avait même pas pensé vérifier si son ami ne l'avait pas devancé, si la mort n'avait pas croisé son chemin avant le sien, si Octave n'avait pas déjà toutes les réponses aux questions qu'il s'acharnait à décortiquer dans son monologue épistolaire. Cependant, une précision s'impose : la métaphysique en général ne l'intéressait guère et les hypothèses sur le destin de l'âme après la mort l'indifféraient complètement. Ce qui l'obsédait réellement ce n'était pas la vie après la mort, mais bien la mort elle-même, ce moment ultime où l'on sait que très rapidement on ne saura plus... ou on saura tout ! Une belle mort, une mort bien réussie, était pour lui la seule chose qui pouvait donner un sens à sa vie et démontrer de manière indubitable qu'il avait su bien mener celle-ci. C'est donc à la préparation de ces instants cruciaux, dont dépendait pour lui l'accomplissement d'une vie sage, qu'il consacrait l'essentiel de ses pensées : *J'exige peu de la vie*, écrivait-il à son ami, *sinon qu'elle me laisse voir venir la mort. Depuis des années, j'observe avec attention son approche patiente et méthodique, je la guette et la débusque jusque dans ses plus infimes mouvements. Et quand arrivera le grand soir, celui du dernier tour de piste, je lui ouvrirai doucement les bras, l'enlacerai, et c'est avec grâce et passion que nous danserons le tango final, comme deux amoureux à la dernière danse d'un bal. Et au dernier pas, à la dernière note et au dernier souffle, tous s'exclameront : ah ! comme il savait danser !*

Évidemment, à force de traquer la mort dans les moindres replis de son être, il avait développé une sensibilité extrême aux plus faibles fluctuations de son état physiologique. Conséquemment, avec les années, son médecin devint ce qui se rapprochait le plus d'un ami pour lui. Au début, le docteur Doucet avait bien sûr soupçonné ce patient d'être hypocondriaque. Il venait le consulter plus ou moins trimestriel-lement, à propos de problèmes très variés mais presque toujours bénins. En fait, le sujet de ses visites n'était généralement pas ce qu'on pourrait appeler de réels problèmes de santé, mais plutôt de simples et usuels signes de vieillissement : perte de souplesse, raideurs de certaines articu-lations, vérification de sa pression artérielle ou de son taux de cholestérol ; il l'avait même déjà consulté pour mieux comprendre les causes et l'évolution éventuelle de sa calvitie naissante ! Ce qui convainquit le médecin qu'il n'était pas hypocondriaque, ce fut la précision inouïe avec laquelle il parvenait à décrire le moindre de ses symptômes. Jamais un patient ne lui avait dépeint avec autant de nuances et de justesse, dans un vocabulaire aussi riche et diversifié, les sensations physiques les plus subtiles. Les descriptions de son patient étaient trop précises et conformes à l'expertise reconnue pour ne pas reposer sur de réelles sensations.

Ce perpétuel malade, qui n'avait donc rien d'imaginaire, finit par le fasciner. Le médecin prenait plaisir à l'écouter discourir d'une manière à la fois érudite et poétique sur le corps humain. Les rendez-vous avec ce patient original étaient devenus pour lui une diversion, un moment de détente même, brisant la monotonie des con-sultations sans surprise qu'il menait à longueur de semaines. Pour mieux profiter de ces instants privilégiés avec son patient préféré, il avait pris l'habitude de lui donner le dernier rendez-vous de la journée. Ainsi, si la discussion allait bon train, il pouvait étirer la consultation autant qu'il le souhaitait sans se soucier d'une salle d'attente bondée. Il permettait même à sa secrétaire de partir en lui assurant qu'il compléterait lui-même la mise à jour du dossier de ce patient qui, elle le savait bien, pouvait l'accaparer très longuement. En voyant tous les compromis que le bon docteur faisait pour satisfaire les caprices de cet hurluberlu, la secrétaire s'était même déjà demandé si les deux hommes n'avaient pas une liaison secrète...

Lors de leur dernier rendez-vous, celui où ils sont en quelque sorte devenus réellement des amis, c'est sur le fonctionnement du système hormonal qu'il interrogea le médecin. Il se questionnait surtout sur la fluctuation de ses appétits libidineux. Il avait remarqué, au cours des ans, que ceux-ci semblaient suivre une courbe cyclique plus ou moins trimestrielle, c'est-à-dire qu'il vivait chaque année deux hausses et deux baisses de libido. Cela lui avait toujours paru assez naturel puisque ça correspondait très bien au cycle des saisons : des sommets au printemps et à l'automne, séparés par des creux de vagues en été et en hiver. Or, depuis quelques années, il croyait déceler une certaine distorsion dans ce schéma habituel. Les creux de vagues semblaient s'étirer, s'allonger paresseusement sur les plages de son indifférence, alors que les poussées de désir devenaient de plus en plus ponctuelles, ressemblaient de plus en plus à des flambées éparses plutôt qu'au brasier incandescent qui avait l'habitude de consumer toute la forêt de son être. Tout en décrivant à son patient comment l'évolution du métabolisme entraînée par le vieillissement pouvait affecter la vie sexuelle, le médecin s'étonnait en son for intérieur qu'un homme comme lui, qu'il considérait comme l'archétype même du vieux garçon, puisse s'inquiéter de sa libido. Avait-il déjà souffert de dysfonction érectile, avait-il vécu récemment une panne de désir ou un épisode d'impuissance ? Son patient l'assura que ce n'était pas le cas, qu'il cherchait simplement à mieux comprendre comment son corps réagissait à l'usure du temps. Alors peut-être était-il tombé amoureux d'une femme beaucoup plus jeune que lui et s'inquiétait-il de sa capacité à satisfaire ses envies sexuelles ? Cette question, et quelques autres du même genre, étaient ensuite venues à l'esprit du docteur, mais une sorte de réserve professionnelle l'empêchait d'aborder des sujets aussi personnels, de sonder le cœur et l'âme de son patient. Après tout, il n'était que son médecin généraliste, non son psychologue. Cependant, il ne pouvait laisser passer cette chance de connaître un peu mieux cet homme énigmatique qui le fascinait depuis plusieurs années déjà. Il décida donc de contourner la difficulté et, après un court moment de réflexion, osa lui proposer ce qui lui trottait dans la tête : « Écoutez, mon cher, si nous voulons vraiment mener cette discussion jusqu'au bout, nous risquons fort de déborder le cadre strictement professionnel que nous impose ce cabinet. Comme nous nous connaissons depuis longtemps maintenant, je me dis que nous pourrions peut-être poursuivre cet échange autour d'une bonne bière ? »

Comme l'autre semblait surpris et hésitant, le médecin précisa sa pensée : « Je comprends que ma proposition vous étonne mais, voyez-vous, c'est le genre de sujet qui m'intéresse non seulement en tant que médecin, mais en tant qu'homme aussi ; or, avec ce sarrau sur le dos, je ne peux pas dire n'importe quoi, je ne peux pas laisser libre cours à toutes mes pensées, si vous voyez ce que je veux dire...

— Vous avez bien raison, Benoît, allons-y ! »

En appelant le médecin par son prénom, il avait clairement marqué le fait qu'ils allaient discuter entre amis. Ils se rendirent dans un petit bistrot, tout près de la clinique, où le doc, comme l'appelait la serveuse, avait ses habitudes. Ils s'installèrent à une table près de la fenêtre. Les premières minutes, il leur fut difficile de faire comme s'ils étaient de réels amis. Ils échangèrent quelques formules de politesse et parlèrent d'abord de la température et de la situation dans le monde. Quand il cherchait une phrase pour relancer la conversation, le médecin tournait la tête vers la fenêtre et plongeait son regard dans le gris du ciel. Quant à lui, il s'efforçait surtout de ne pas se laisser obnubiler par le visage de la femme assise à la table voisine. Il émanait de cette femme élégamment vêtue, de son visage pâle et lumineux, une espèce de raffinement qui lui paraissait légèrement pervers. Sa longue chevelure rousse l'auréolait d'une féerie de flammes fascinantes. Il était d'autant plus difficile de faire fi de sa présence que chaque fois qu'il se tournait vers elle, elle le regardait calmement, droit dans les yeux, sans provocation mais sans pudeur non plus.

Après avoir commandé un deuxième verre, le médecin décida de foncer et ramena dans la conversation les sujets plus personnels qu'ils avaient abordés dans son cabinet : «Alors dites-moi, les inquiétudes dont vous m'avez fait part à propos de votre libido ont-elles un lien avec votre vie sentimentale actuelle?» Encore une fois, il affirma que ses questions à propos du système hormonal n'étaient aucunement reliées à des événements qui auraient pu survenir dans sa vie sexuelle. «Parlez-moi tout de même un peu de votre vie amoureuse», suggéra le médecin qui n'arrivait plus à contenir sa curiosité. Il hésita quelques secondes puis, comme si une écluse invisible s'était soudainement ouverte, il se mit à se raconter comme il ne l'avait jamais fait aupa-ravant, sinon dans les lettres à son ami français, muet depuis des années.

Il n'avait jamais eu réellement de vie amou-reuse ; il était beaucoup trop romantique pour ça, expliqua-t-il. Il préférait de loin une maîtresse ab-sente et irréelle, qu'il pouvait modeler à sa guise, à une présence constante qui choquait sa grande sensibilité à son environnement, autant physique que psychologique. Voilà sans doute pourquoi la seule maîtresse qui ne l'indisposa jamais fut tou-jours la mort à venir. Ce n'est que lorsque celle-ci lui apparaissait sous les traits d'une femme salace et sensuelle qu'il prenait conscience de ses be-soins sexuels. Il se laissait alors aller à d'étranges fantasmes où la mort, travestie en prostituée de luxe, venait lui prodiguer les plaisirs les plus élémentaires. Il aimait l'image paradoxale d'une célébration de la vie où la mort, par une tendre et patiente fellation, l'entraînait au-dessus du vide qu'elle créait en aspirant son énergie vitale dans sa bouche insatiable. Et lorsque l'éjaculation venait enfin apaiser ses tensions sexuelles, que son pénis se rétractait pour disparaître dans la paume de sa main, il souriait en se disant que la douce sensation de vacuité qu'il ressentait était sûrement un agréable aperçu de ce que serait l'étreinte ultime.

Tout en parlant, son regard croisait sans cesse celui de la femme à la chevelure de feu, et c'était comme si ce contact visuel venait l'enflammer lui-même. Il comprit que c'était l'attirance qu'il éprouvait pour cette femme qui lui avait donné envie de parler de ses fantasmes, qui le poussait à un tel exhibitionnisme verbal. Il se remit à parler avec chaleur et effusion et, pour lui, c'était comme s'il s'adressait davantage à la femme rousse qu'au docteur, se souciant aussi peu de son interlocuteur que dans les lettres qu'il envoyait en France.

Il tenait à préciser que si sa vie sentimentale n'avait guère été mouvementée, c'était par choix plutôt que par incapacité. D'ailleurs, ce n'était pas que les apparences fussent contre lui, bien au contraire : son physique avantageux lui attirait souvent des regards admiratifs. Et il avait bien eu, au cours de sa vie, des aventures et quelques amourettes, mais aucune de ces histoires ne parvint à s'inscrire dans son quotidien. Comme si l'amour ne pouvait être pour lui qu'une fuite ponctuelle du réel ; comme si l'amour ne devait être que poésie, et qu'il n'arrivait pas à planter le drapeau de celle-ci dans la prose rocailleuse de la vie de tous les jours. En fait, l'idée même d'une « compagne de vie » lui répugnait. Une telle conception de l'amour n'était rien d'autre pour lui qu'un signe de faiblesse, l'aveu déguisé d'une incapacité à affronter seul les réalités essentielles de la vie humaine. Ainsi, dit-il à son médecin et ami de fortune : « Le compagnonnage est une attitude bonne à adopter qu'avec les chiens ! » En somme, lorsqu'il souhaitait rencontrer une femme ce n'était pas pour partager les banalités du quotidien, mais bien pour vivre avec elle des émotions qui les extirperaient du plat et linéaire déroulement de ce quotidien, les élèveraient, ne serait-ce qu'une heure ou une nuit, au-dessus de l'horizon gris de la survie. L'amour ne devait pas être une diversion des choses essentielles, à savoir la solitude et la mort, mais plutôt une façon d'entrevoir ces choses sous un angle différent.

En achevant cette ode échevelée au célibat, il craignit d'avoir pu vexer le docteur : « Êtes-vous marié, Benoît ? Si c'est le cas, j'espère que mes réflexions ne vous choquent pas trop...

— Oui, je suis marié. D'ailleurs, je vais devoir y aller sinon ma femme risque de s'inquiéter. Mais ne vous en faites pas, vos idées ne m'ont pas gêné. Vos remarques sur l'amour sont sans doute un peu radicales, mais ça ne m'a pas empêché d'apprécier cette discussion.

— C'était davantage un monologue qu'une discussion. Je m'excuse de m'être autant étalé, j'en suis un peu honteux.

— Il ne faut surtout pas, c'était vraiment intéressant, je vous assure. Vous voulez que je vous dépose quelque part, je suis en voiture? »

En hésitant, son regard se tourna vers la femme rousse assise à la table voisine. De ses grands yeux verts et perçants, elle le fixait sans la moindre retenue. Ses lèvres légèrement entrouvertes esquissaient un invitant sourire. « Non merci, tout compte fait je crois que je vais prendre un autre verre ici. » Le médecin, qui venait de remarquer la femme et qui avait bien vu leur échange de regards, lui serra la main et le quitta en lui souhaitant bonne chance. Dès qu'il fut parti, la femme, d'un geste de la main pointant la chaise libre à ses côtés, l'invita à se joindre à elle. Il fit signe au serveur de lui apporter un autre verre et alla s'asseoir avec la femme : « Vous voulez de la compagnie?

— Oui, je me sens un peu délaissée ce soir. Et je ne sais trop pourquoi, mais j'ai cru deviner dans votre regard que vous vous y connaissiez en solitude...

— Vous êtes perspicace, mademoiselle. Mais, comme il en existe une très grande variété, il faudrait préciser et me dire de quelle forme de solitude vous êtes affligée.

— Je crois que c'est une solitude bleue... comme un gospel venu du delta du Mississippi, un gospel déchirant qui résonne jusqu'au creux de mon ventre. Mais ce n'est pas vers Dieu que ce chant religieux lance son appel et ce n'est pas de Lui qu'il attend une réponse non plus... de toute façon, vous ne croyez sûrement pas en Dieu?

— Pourquoi dites-vous ça?

— Vos lèvres sont beaucoup trop sensuelles et vos yeux beaucoup trop tristes.

— Je préfère *mélancolique*; je ne suis jamais triste, mais souvent mélancolique.

— Et qu'est-ce qui cause cette mélancolie? Le désespoir?

— Non, c'est plutôt l'espoir. Pour être plus précis, je dirais que c'est l'attente, qui est parfois très longue...

— Ce soir, avec moi, vous n'attendrez ni trop longtemps ni en vain », dit-elle en posant une main sur la sienne.

Ils parlèrent ainsi, sur ce ton à la fois étrange et provocant, pendant près d'une heure. Lorsqu'elle eut avalé la dernière gorgée de son verre, elle lui demanda s'il voulait se joindre au chœur gospel qui chantait entre ses cuisses. Bien qu'étonnamment directe, la proposition était lancée en toute simplicité, comme si ça allait de soi, et il n'y eut ni malaise ni tension. Avec la même désinvolture qui avait teinté toute leur discussion jusque-là, il lui répondit simplement : «Je veux bien faire le contrepoint sous la courtepointe... » Cependant, alors qu'ils enfilaient leurs manteaux, un souci matériel vint faire une brèche dans la douce atmosphère d'irréalité dans laquelle ils s'étaient plongés : «Avez-vous ce qu'il faut pour vous protéger, lui demanda-t-elle.

— Merde...

— Ce n'est pas grave, il y a une pharmacie juste de l'autre côté de la rue. »

Ils sortirent du bistrot et, tout en lui montrant sa voiture noire, elle lui dit : «Je vais vous attendre dans mon auto. » Il s'élança pour traverser le boulevard en direction de la pharmacie mais, après deux enjambées, un appel étrange le fit s'arrêter net. Avec une voix à la fois sourde et puissante, la femme rousse venait de crier son nom. En quelques secondes, il repassa dans sa tête le fil de leur conversation. Il n'arrivait pas à se rappeler le moment où il avait pu lui dire son nom. Ces secondes d'hésitation où il se figea au milieu de la chaussée lui furent fatales. Une voiture arrivant par derrière, qu'il n'a jamais vue ni entendue, le faucha sans retour, comme un pissenlit arraché sèchement et machinalement par la main froide d'un jardinier indifférent.

Il avait toujours su qu'il allait mourir, mais il ne sut jamais qu'il mourait et peut-être n'apprit-il jamais qu'il était mort.

Les Paradis communicants

La vie en société c'est quand tous obéissent à ce que personne ne veut. L'écriture c'est une façon d'échapper à cette misère, une variation de la solitude au même titre que l'amour ou le jeu – un principe d'insoumission, une vertu d'enfance.

CHRISTIAN BOBIN,
L'Inespérée

L'amour altère la solitude, il ne la rompt ni ne l'abolit. Sommeil et veille, orgasme et rêverie partagés ne modifient pas la part échue à chacun. Et l'amour se nourrit de cette solitude. L'esprit d'enfance comprend cette nécessité, gage paradoxal de liberté.

JACQUES BRAULT,
L'Inachevé

Sans doute avait-il trop lu de livres de philosophie, accordé trop d'importance aux réflexions intellectuelles. Non seulement ses cheveux avaient-ils grisonné, mais tout son visage était devenu gris. Même ses yeux, dont il avait été autrefois si content, lui semblaient avoir pris les teintes d'un novembre pluvieux. Ce soir-là, pour contrer cette froideur automnale qui s'agrippait à lui, il avait décidé de faire un retour en pensée au printemps de sa vie. Peut-être cela lui permettrait-il également de trouver un bon sujet pour la nouvelle qu'il a promis à Marie d'écrire ; les rêveries sur l'enfance ne sont-elles pas une intarissable source d'inspiration pour les écrivains ?

Il se verse un verre de cognac, met un disque de musique classique et s'installe confortablement dans son fauteuil favori. Puis, fermant les yeux, il part à la recherche de ses plus beaux souvenirs d'enfance. Sa pensée vagabonde, sautillant sur les pierres que sont les événements importants de son passé ; de pierre en pierre, il remonte ainsi vers son amont la rivière de sa vie. Après une bonne demi-heure de ce jeu mental, il n'a toujours pas eu envie de se reposer sur aucune de ces pierres-souvenirs, pas une ne lui a paru assez douce pour qu'il vaille la peine de s'y asseoir pour contempler le paysage autour. « Il me faudrait du pudding chômeur », pense-t-il en souriant. Mais il sait très bien que même en enrobant Proust de sirop d'érable il ne retrouverait pas l'essence de son enfance.

Contrarié, il finit par rouvrir les yeux et va fouiller dans une armoire qu'il n'ouvre presque jamais. Il en ressort une boîte à chaussures qui contient tout ce qu'il possède comme photos de son enfance. Au milieu des vieux polaroïds, une photo différente attire son attention. En fait, c'est une petite carte nécrologique, celle de sa mère :

À la mémoire de
Clémence Thibeault
Épouse de André St-Laurent
Décédée le 18 août 1979 à l'âge de 37 ans
« Miséricordieux Jésus, donnez-lui le repos éternel »

Après avoir contemplé longuement la photo ornant cette carte commémorative, une étrange émotion s'empare de lui. Il a envie de pleurer, non pas à cause du souvenir de sa mère mais, au contraire, parce qu'il n'a justement aucun souvenir de cette femme disparue alors qu'il avait dix ans. Il regarde le visage de celle qui est supposée avoir été sa mère comme on regarde les visages étrangers dans la rubrique nécrologique d'un journal. Que reste-t-il dans son cœur de cette femme qui lui a donné la vie, qui l'a nourri de son sein et de son amour ? Rien, vraiment, aucun souvenir sur lequel s'attendrir, comme si la mort de sa mère et les années cauchemardesques qui ont suivi avaient tout emporté, comme si les grands remous de ces années sombres avaient empêché les souvenirs les plus tendres de l'enfance de se sédimenter au lit de la rivière de sa vie.

Il referme la boîte à chaussures en se disant que c'est peine perdue. À chaque fois qu'il essaie de replonger dans son enfance, il se retrouve toujours aux prises avec la même image, unique, qui résume à elle seule ce qui lui reste de cette première partie de sa vie : il voit sa petite sœur de quatre ans serrant très fort contre sa poitrine un petit chien mort depuis quelques jours déjà ; il a le corps raide et durci, comme un jouet de bois, et le dernier spasme de vie a crispé suffisamment son museau pour que toute sa dentition soit apparente. En quelques mois, c'est le septième chiot à mourir de mauvais traitements dans cette maison. Et pourtant, il ne s'habitue pas. Deux jours durant il s'est dit qu'il faudrait bien, puisque le père adoptif ne le faisait pas, débarrasser la cuisine de ces restes mortuaires, mais il n'a jamais pu, incapable de prendre entre ses mains ce témoignage physique du passage de la mort dans son logis. Et voilà que son dédain permettait à sa sœur de jouer avec ce tas de viscères séchées et durcies comme si de rien n'était. Elle continuait même à lui parler, à lui souffler des mots d'amour, tout en le cajolant. Lui, il avait beau lui ordonner de lâcher ça, lui dire « c'est dégueu », elle ne voulait rien entendre et serrait encore plus fort l'animal mort contre elle. Elle savait bien qu'il avait subi des sévices semblables à ceux qu'elle supportait quotidiennement. Au fond, cette parenté dans la douleur faisait peut-être de cet animal un petit frère dont elle se sentait plus proche que de son grand frère qui parvenait presque toujours, lui, à éviter les coups. Peut-être aussi croyait-elle pouvoir le sauver par son amour, cet amour qui lui manquait tellement à elle. Lui, dans l'affection obstinée de sa sœur pour les restes du chien, il voyait apparaître de manière soudaine et troublante sa propre impuissance, celle d'un grand frère incapable de protéger sa petite sœur et de prendre vraiment soin d'elle. Il avait beau voler de l'argent pour l'emmener au restaurant, changer en cachette ses sous-vêtements lorsqu'elle faisait pipi dans ses culottes, la soustraire le plus souvent possible aux violences paternelles, il n'arriverait jamais à s'occuper d'elle comme elle en avait besoin. Il ne pourrait jamais combler l'immense manque d'amour qui, dans son cœur de fillette, faisait un trou à chaque jour un peu plus grand. N'était-ce pas ce trou béant qu'elle essayait de boucher en serrant le chien contre sa poitrine? Et lui, comment aurait-il pu la sauver? N'était-il pas lui-même qu'un enfant? Devant cette impuissance tragique qui était sienne, il se mit à pleurer, avec plus de rage encore que de peine, et laissa sa sœur se consoler avec un chien en plein processus de décomposition.

Et trente ans plus tard, assis sur son lit avec une boîte à chaussures sur les genoux, il pleure à nouveau, mais sans rage cette fois. Il sanglote doucement, avec abandon, comme s'il se permettait enfin d'être l'enfant qu'il n'a pu être autrefois. Au bout d'un moment, l'étonnante sensation d'apaisement que procure parfois cet abandon sans retenue aux émotions profondes lui rappelle une autre période de sa vie : l'année où il fut amoureux de Marie-Christine. Il n'y a qu'avec elle qu'il avait pu pleurer de cette façon, c'est-à-dire sans trop savoir pourquoi, simplement pour évacuer un trop-plein. Elle savait si bien recueillir ses larmes, le consoler avec douceur sans parler inutilement. Parfois, elle versait même quelques larmes avec lui, simplement pour l'accompagner, pour accorder ses pas aux siens comme dans un émouvant tango ; et c'était plus doux que les plus douces paroles de réconfort qu'on puisse imaginer.

***

En se rappelant les beaux moments passés avec Marie-Christine, une idée paradoxale le frappe soudain : s'il peut prétendre avoir eu une enfance, c'est bien durant cette année où il fréquenta Marie-Christine qu'elle eut lieu, bien qu'il fût déjà âgé de vingt-quatre ans à l'époque. Elle, de son côté, n'avait que dix-huit ans. Et alors qu'il croyait lui apprendre l'amour, c'est elle, en fait, qui lui apprenait l'enfance, cette manière pure et transparente d'être au monde sans qu'une grille de pensées ne vienne décomposer la perception des choses. Pour lui, jeune universitaire qui étudiait la philosophie depuis près de cinq ans, ce fut une révélation.

Marie-Christine avait cette façon, souvent propre aux enfants, d'entrer en contact direct avec les choses du monde extérieur comme avec celles de son monde intérieur. Elle avait cette grâce qui permet d'atteindre le cœur des choses en esquivant les idées et les mots à travers lesquels on les perçoit habituellement. Lorsqu'elle regardait un pissenlit, elle ne pensait pas «plante herbacée vivace aux vertus diurétiques», et encore moins «mauvaise herbe». S'il était en fleur, elle voyait simplement en lui des milliers de petits doigts jaunes, faits d'une lumière qui se serait épaissie en séjournant sous la terre, et prêts à lui caresser tendrement la joue. Et s'il était arrivé à maturité, elle le cueillait délicatement, admirait patiemment l'étrange sphère de cristaux végétaux qu'il formait, puis soufflait au visage de l'apprenti philosophe une rafale de flocons de neige douce et chaude, une pluie d'étoiles filantes. Dans cette envolée de vies agonisantes vers d'autres vies à venir, elle voyait alors toute l'histoire du monde, celle de l'amour et de la mort qui se baladent main dans la main sur les sentiers toujours tortueux du temps. Puis, avec son sourire désarmant et cette mystérieuse lumière qui émanait de ses yeux pourtant si noirs, elle lui demandait dans une vive et sincère excitation : «As-tu fait un vœu?»

Au début, il n'y pensait pas. Alors, voyant la gêne qu'il avait de lui avouer que cela ne lui avait même pas effleuré l'esprit, elle revenait dans la banalité de la vie concrète et lui disait : «C'est pas grave, c'était juste un pissenlit.» Il y avait dans le ton de sa voix, dans le sourire qui accompagnait ces paroles, une forme de consolation et d'encouragement. C'était une manière de lui dire de ne pas abandonner, qu'il ferait mieux la prochaine fois et qu'il finirait par y arriver. Et il y parvint effectivement. C'était par un magnifique après-midi ensoleillé du mois d'août. Lorsqu'elle lui demanda s'il avait fait un vœu, il rouvrit les yeux et, sous les pétales de ses paupières, une rosée légère faisait briller son regard au soleil. Étreint par l'émotion, il ne put répondre que par un tendre sourire et ce modeste mouvement du visage fit rouler une perle sur sa joue. Il ne pensa pas : « j'ai versé une larme ». Il pensait plutôt, dans la vérité de son silence et de son émotion : « voici une perle unique, un bijou extrait de mon cœur et que je t'offre en gage d'amour ». Voilà exactement ce qu'il pensait, mais sans ces mots, sans aucun mot. Alors, sans qu'il ait prononcé une seule parole, Marie-Christine comprit qu'il avait fait le vœu que le temps s'arrête, que la pureté de leurs sentiments cristallise cet instant et fasse de leur amour une éternité parmi d'autres. Elle lui rendit son sourire, lécha la perle sur sa joue et posa sa tête sur ses genoux. Et ils restèrent ainsi, dans l'herbe longue et sous un ciel traversé de nuages en troupeaux, à récolter chaque fétu de soleil que les cumulus laissaient tomber de leurs gueules en paissant nonchalamment leur pâturage de lumière.

Dans la plénitude de ce moment, le moindre geste ou la moindre parole aurait fait éclater l'invisible bulle de verre qui les protégeait du temps. Il n'y avait plus de manque et toute autre chose aurait été de trop. Quand il repense à ce moment, il se dit que c'est sans doute ça, le bonheur : un moment où il ne se passe strictement rien, une parenthèse dans le temps où l'on est si bien qu'on voudrait juste que rien ne bouge. Comme si tout mouvement, toute activité physique ou mentale, ne pouvait être qu'un aveu de faiblesse, l'indice d'un manque. C'est pourtant lui, l'intellectuel qui ne pouvait jamais se priver de mots trop longtemps, qui mit fin à ce moment de plénitude. Comme si tout devait être expliqué, il dit à Marie-Christine : «Tu sais que la plus lointaine parenté étymologique qu'on puisse trouver au mot français *néant,* c'est celle avec le mot sanskrit *nirvana*? »

Chez Marie-Christine, le temps aussi était celui de l'enfance. Comme l'enfant qui s'absorbe le plus sérieusement du monde dans un jeu, elle avait la capacité d'oublier la folie du monde autour en plongeant tête première dans l'émotion d'un moment ; mais comme l'enfant, elle pouvait aussi se désintéresser de manière tout à fait soudaine du jeu dont sa vie semblait dépendre un instant auparavant, pour aller se perdre, ou se retrouver, dans un jeu nouveau. L'enfant a souvent cette faculté qui lui permet d'être, à travers le jeu, tout entier dans le présent ; Marie-Christine, elle, c'est à travers l'amour qu'elle trouvait cet état de grâce. Entre l'amour et l'enfance, se demande-t-il quinze ans plus tard, y a-t-il une si grande différence ? N'est-ce pas la même pureté vêtue d'un mot différent, d'une salopette pour aller jouer dans le sable ou d'une robe de soirée pour aller au bal ? Toujours est-il que Marie-Christine le laissa comme un enfant abandonne un jeu, sans appréhension, sans justification ni remords, simplement par nécessité d'être fidèle au cours de son cœur et de sa vie intérieure. Toutes les fidélités ne sont pas toujours complémentaires, et la plus importante demeure toujours la fidélité à soi-même.

Évidemment, il souffrit beaucoup de cette perte. Il passa de nombreuses nuits blanches à tenter de comprendre cette injustice, comme si l'amour n'était qu'une spécialité parmi d'autres dans la vaste sphère de la science morale. De ce point de vue, le départ de Marie-Christine ne pouvait que demeurer incompréhensible. Comment pouvait-elle ne plus l'aimer, après si peu de temps, alors qu'elle avait été si passion-nément éprise de lui ? Parfois, la nuit, au milieu de ses sanglots, il se surprenait à hurler, comme lorsqu'il traversait l'enfer de son enfance : «Pourquoi moi ?» Lorsqu'il avait dix ou onze ans, c'est à Dieu qu'il posait directement cette question. À vingt-cinq ans, il s'étonnait lui-même de lancer son cri dans la surdité d'un silence infini, contre le mur d'absurdité qui semblait l'enfermer dans les ténèbres de son désespoir.

C'est à ce moment-là de sa vie qu'il se mit à écrire plus intensément. Des lettres tout d'abord : de plaintes et de récriminations, de justifications et de supplications. De mauvaises lettres d'amour en somme ; ou plutôt, des lettres d'un mauvais amour, d'un amour tout sali d'amour-propre, où le souci de l'autre n'est hurlé à tous vents que pour camoufler l'immense souci de soi qui est à la racine de nos douleurs en fleurs. Lorsque sa souffrance et sa bêtise s'épuisèrent enfin, il se mit à écrire plus sérieusement, c'est-à-dire qu'il essaya de transformer en ouvrages plus universels ses expériences personnelles. Cela donna bien quelques poèmes touchants, des essais, des nouvelles et même, quelques années plus tard, un premier roman plein de bons sentiments mais foncièrement maladroit. Toutes sortes d'écrits en somme qui lui apprirent la difficulté du métier d'écrire et qui, bien qu'ils furent une bonne préparation, ne lui permettaient certainement pas de se prétendre écrivain.

***

Avec les années, son entrain périclita. Était-ce dû à l'insatisfaction qu'il ressentait en relisant ce qu'il avait produit jusque-là ? Ou bien était-ce lié au calme plat qui régnait dans sa vie sentimentale ? Peut-être avait-il tout simplement épuisé la réserve d'énergie et de magie que lui avait procurée sa passion pour Marie-Christine ? Aujourd'hui encore, il ne saurait l'expliquer avec certitude. Chose certaine, sa vie changea grandement avec l'arrivée de la trentaine. Il laissa tomber ses recherches et ses tâches universitaires et commença à travailler dans un bar. Il découvrit alors les vices et délices d'une vie nocturne et s'abandonna à un hédonisme indolent. Dans ce milieu de travail propice aux rencontres, il put faire la connaissance de nombreuses femmes, mais sans jamais tomber amoureux d'aucune. Dans l'insouciance des plaisirs frivoles, il traversa les années sans trop souffrir, sinon, quelquefois, de fatigue et d'une certaine lassitude, mais rapidement une nouvelle aventure l'appelait et l'emportait loin de son ennui, c'est-à-dire loin de lui. En fait, il vivait dans l'oubli, l'oubli de soi et l'oubli de l'amour, qui n'est peut-être rien de plus que l'oubli de l'autre toujours présent en soi, dans nos faims et nos soifs. Il en était venu à redouter que l'amour ne soit plus pour lui qu'un paradis perdu, comme celui de l'enfance dont on l'avait expulsé injustement et beaucoup trop tôt.

Après plusieurs années de ce régime de vie, de cette diète sans amour et sans écriture, son cœur et son âme avaient beaucoup maigri. Évidemment, comme ce sont des choses qui surviennent progressivement, il ne s'en était guère aperçu. Ce n'est qu'en voulant revêtir à nouveau les habits de l'amour qu'il constata que son cœur y flottait comme dans un pantalon trop grand. Il avait beau le remonter souvent, l'amour glissait sans cesse sur les hanches de son cœur comme les *jeans* d'un ado adepte de la mode *yo*. L'amour ne pouvait s'ajuster à son cœur sans le support d'une ceinture et, il le savait d'instinct, celle-ci ne pouvait être que l'écriture. Et, comme il l'avait fait une quinzaine d'années plus tôt, il commença à nouveau par de maladroites lettres d'amour, ou plutôt des lettres d'un amour maladroit. C'est là qu'il vit que son âme aussi avait perdu beaucoup de poids. Au milieu de la page blanche, elle se sentait aussi perdue, fragile et minuscule qu'un brin d'herbe dans l'infini d'une toundra enneigée. Il hésita longuement, passant des mois à se demander s'il avait choisi le bon habit, si la blancheur de la page luisant devant lui était une piste assez attrayante pour que sa Cendrillon veuille bien y valser avec lui.

Il faut dire que l'apparition de celle-ci dans sa vie n'avait rien eu d'un conte de fées. Comme la plupart des femmes avant elle, il avait connu Marie au bar où il travaillait. Comme la plupart des femmes avant elle, il était parvenu assez rapidement à l'entraîner chez lui pour une nuit. En somme, comme bien d'autres avant elle, Marie était entrée dans sa vie comme un chemin de traverse inattendu dans la morne plaine des plaisirs sans relief. C'était une aventure de plus, sans plus. À une nuance près toutefois : c'est elle qui prit les devants pour le prévenir, dès le départ, qu'il n'était pas question d'une relation sérieuse ; son cœur et son âme n'étaient pas faits pour être domestiqués ! Bien que la rigueur de cette mise en garde le prît un peu par surprise, il ne s'en offusqua pas le moins du monde. Au contraire, il s'en félicita en se disant que cette aventure s'annonçait beaucoup plus simple que bien d'autres...

Et de fait, tout était entre eux d'une simplicité désarmante; tellement, qu'après quelques mois il se retrouva effectivement sans armure. C'est lorsqu'elle commença à se montrer plus distante qu'il en prit conscience. Il s'était habitué à sa présence douce et discrète, comme une fenêtre dans la nuit de sa solitude qui s'ouvrait une fois ou deux par semaine pour laisser un rayon de lune se glisser entre ses draps. Quand les nuits sans lune se multiplièrent, il devint inquiet et ce fut le retour du mauvais amour, celui qu'on appelle à tort *propre*. Étonné de voir renaître en lui, après tant d'années, ce sentiment apparenté à la jalousie, il passa de longues soirées à s'interroger. N'était-il pas plus mature que lorsqu'il était au début de la vingtaine ? Ne devrait-il pas être en mesure de maîtriser des émotions aussi primaires ? Et surtout, est-ce que cela signifiait qu'il était à nouveau amoureux après tant d'années de sécheresse sentimentale ?

C'est à ce moment-là qu'il s'était remis à écrire. Évidemment, les premières lettres qu'il écrivit à Marie n'étaient remplies que de lui-même, que de ses peines et de ses espérances. Puis, avec le temps et l'apaisement de ses douleurs les plus vives, il put recommencer à penser plus sainement. Il cessa de s'apitoyer sur son sort et décida d'essayer plutôt de la comprendre, elle, avec ses craintes, ses réserves et ses distances. Il fit le projet de percer les mystères de cette femme qui lui semblait si lointaine, qui cachait si bien ses sentiments sous la neige épaisse de ses silences. C'était une entreprise qui lui apparaissait presque héroïque, une épopée longue et ardue, mais il était prêt à mettre le temps et les efforts nécessaires pour parvenir à effleurer l'âme de Marie.

De ce temps, il lui en fallut bien peu pour se rendre compte de sa bêtise. Les silences de Marie n'avaient rien des murailles qu'il avait imaginées. En fait, il suffisait, pour enjamber ces petits rochers de silence, de lui parler autrement, de lui parler vraiment. Dès qu'il cessa de l'aborder comme une maîtresse que l'on veut séduire, dès qu'il commença à échanger avec elle sans se soucier de savoir si elle l'accompagnerait chez lui après, Marie s'ouvrit à lui avec plus de candeur encore qu'il ne l'avait espéré. Il comprit alors que ses silences n'avaient jamais eu d'autre épaisseur que celle de sa propre inattention. Ils passèrent plusieurs nuits entières à se raconter l'un à l'autre et le miracle propre à l'humanité se produisit : en cherchant sincèrement à comprendre l'autre, il finit pas se comprendre beaucoup mieux lui-même.

Il comprit surtout que s'il n'avait pas vu venir cet amour, c'est parce qu'il était d'une espèce nouvelle pour lui. Il ne s'agissait plus de passion, comme lors de ses amours de jeunesse. Il ne s'agissait plus de fusion ni de se perdre en l'autre, mais plutôt de s'y retrouver. C'était quelque chose comme une *reconnaissance :* se reconnaître dans les silences de l'autre, y entendre l'écho de sa propre voix ; découvrir les contours de sa propre singularité en la frottant aux différences de l'autre ; deviner sa propre silhouette dans les ombres où l'autre se réfugie quand nos désirs ont des tentations impérialistes ; puis, ayant compris combien elles sont précieuses, ces différences que l'autre veut protéger lorsqu'il retraite au secret de lui-même, retraiter un peu soi-même en se réjouissant de cette évidence : le souci qu'il a de protéger son intégrité est la plus sûre promesse qu'il respectera la nôtre. Et avec gratitude, s'éloigner un peu, pour pouvoir aimer mieux. Étrange et fragile sentiment que celui qui unit deux solitudes qui se reconnaissent comme irrémédiables et qui trouvent la joie dans cette paradoxale reconnaissance qui les menace. Doit-on appeler cela de l'amour ? Il hésite toujours à répondre à cette question. Ce dont il est certain, c'est qu'il n'a jamais été aussi bien avec une femme. Il se sent comme un voyageur qui, tout en découvrant avec émerveillement une contrée étrangère, retrouve dans chacune des auberges où il s'arrête la sensation d'être un peu chez lui.

Depuis qu'ils se sont ouverts l'un à l'autre, ils ont aussi recommencé à faire l'amour, presque comme avant. Comme avant, il s'enivre de la beauté de ce corps offert à tous ses sens ; comme avant, il adore parcourir des yeux, des doigts et de la langue ce pays des merveilles, cette terre d'adoption qui reste pourtant toujours à découvrir ; comme avant, il noie sans honte sa conscience dans les joies primitives de la jouissance ; mais maintenant, il n'oublie plus que la vraie magie de ce rituel, de ce sacrifice des corps, c'est par le visage de l'aimée qu'elle se révèle. Alors, bien qu'il soit toujours fasciné par la douceur du sein et la rondeur de la hanche, il prend toujours le temps de contempler son visage, seul accès véritable au mystère de l'altérité. Il ne connaît pas de joie plus grande que celle de voir le ciel de ce visage s'éclaircir aux vents de ses désirs. Il ne fait plus l'amour à un corps étranger, c'est désormais un visage qu'il découvre et qu'il explore, même dans les parcelles les plus infimes et les plus intimes de son corps.

Alors qu'il a fermé les yeux pour mieux redessiner dans sa tête ce visage aimé, la boîte à chaussures glisse de ses genoux et répand sur le plancher quelques dizaines de vieux clichés. Tiré en sursaut de sa rêverie par le bruit que fait son enfance en s'étalant lourdement à ses pieds, il s'étonne du cours qu'ont suivi ses pensées dans l'heure qui vient de s'écouler. Cependant, après quelques instants de réflexion, il se dit que les années et les apparences sont trompeuses : le point de départ des ses cogitations a beau avoir été le souvenir d'une scène se déroulant trente ans plus tôt, on reste toujours à l'intérieur d'un même grand jardin quand on se promène sur les sentiers de l'enfance, de l'amour et de l'écriture. Écrire ou aimer, voilà peut-être deux façons de retrouver une pureté dont la vie veut nous dépouiller en nous tirant du paradis de l'enfance. Il faudrait donc écrire avec le même plaisir et la même obstination que l'enfant met à construire des royaumes imaginaires sur le tapis de sa chambre ; aimer avec la même intensité que l'enfant qui, en s'absorbant dans la vérité inventée de son jeu, échappe à la grisaille d'une réalité qui n'est peut-être pas plus vraie que son jeu, qui n'est peut-être qu'un rêve moins bien réussi.

Tout en ramassant son enfance répandue en miettes photographiques sur le plancher, il se réjouit d'avoir enfin trouvé l'idée centrale du texte qu'il veut écrire pour Marie : illustrer le fait que l'enfance, l'amour et l'écriture sont comme des vases communicants, des paradis qui se ré-pondent à travers les conduits de la liberté. Car la liberté est la sève même de ces paradis. Sans elle, l'enfance, l'amour et l'écriture ne peuvent plus fleurir et s'assèchent aussi rapidement qu'une plante sans racine. Voilà ce qu'il a envie de raconter à Marie.

***

Il range la boîte à chaussures contenant les photos de son enfance et se met à écrire. Il raconte d'abord sa vaine tentative de raviver de beaux souvenirs d'enfance et résume la sienne en une seule image déchirante. Il relate ensuite sa découverte tardive de l'enfance à travers l'amour de celle qui a su faire entrer la lumière dans le couloir sombre de sa vingtaine. Il évoque rapidement ses années folles, son entre-deux amours, et réfléchit enfin sur la place que Marie prend dans sa vie, ainsi que sur la nécessité, pour lui, d'écrire pour apprendre à mieux aimer, et vice-versa.

À la fin de cette nuit d'écriture fiévreuse, le voilà donc avec un texte inusité entre les mains. Il avait promis une nouvelle à Marie, et qu'a-t-il maintenant à lui offrir ? Est-ce une nouvelle ? Un essai ? Un autoportrait ? En y pensant bien, il se dit qu'au fond c'est tout simplement, comme tout ce qu'il voudrait écrire, une autre lettre d'amour. Écrire, n'est-ce pas toujours une tentative d'aimer ? Toutes ces lignes, où le moi s'affirme et s'étale, n'ont-elles pas pour but de faire apparaître en négatif les sillons de silence menant jusqu'à l'autre, jusqu'à la terre depuis toujours promise d'une vie réconciliée ?

Lorsque l'aube met enfin un peu de mauve au rectangle de sa fenêtre, il n'hésite plus. Peu importe le cadre inhabituel où se dessine leur relation, peu importe le flou de ses contours et sa forme insolite, et surtout peu importe l'avenir de cette création si singulière, une chose est désormais certaine à jamais : elle lui aura offert le présent le plus précieux qui soit puisqu'elle l'a rendu à lui-même en lui redonnant le goût d'écrire et l'envie de dire «je t'aime», ce qui est un peu du pareil au même. Et c'est bien ce qu'il vient de faire, pour la première fois depuis de nombreuses années et pendant une nuit tout entière : semer les mots par centaines, comme on souffle sur les aigrettes d'un pissenlit, pour qu'à la fin l'un d'eux fleurisse et vienne, vraiment tout bas, murmurer *je t'aime...*

Le sous-sol n'est jamais fini

L'érotisme est, je crois, l'approbation de la vie jusque dans la mort. [...] Qu'il s'agisse d'érotisme pur (d'amour-passion) ou de sensualité des corps, l'intensité est la plus grande dans la mesure où la destruction, la mort de l'être transparaissent. Ce qu'on appelle le vice découle de cette profonde implication de la mort.

GEORGES BATAILLE,
La Littérature et le Mal

C'est toujours angoissant d'accueillir quelqu'un chez soi pour la première fois, surtout si c'est une femme que l'on souhaite séduire. En invitant Marie-Ève à souper à la maison, il y a deux jours, je n'avais pas songé à l'état lamentable des lieux. J'ai donc passé mon samedi après-midi à faire du ménage. Comme j'avais peu de temps, j'ai commencé par descendre au sous-sol tout ce qui traînait et que je ne savais pas où ranger : la montagne de linge sale recouvrant l'un de mes divans, les monceaux de papiers divers dissimulant ma table de travail, un surplus de vaisselle sale que je n'avais pas le temps de laver. Par la suite, je passai le balai dans la cuisine, l'aspirateur sur le tapis du salon et une vadrouille pour faire briller la céramique de la salle de bains. Enfin, vers dix-sept heures, après avoir frotté soigneusement la cuvette de la toilette, le bain, le lavabo et les miroirs, tout me sembla d'une propreté plus que respectable. Mon logis était présentable et il me restait encore une heure pour préparer le repas.

En fait, j'eus amplement le temps de concocter mon couscous puisque Marie-Ève est arrivée avec plus d'une demi-heure de retard. Malgré l'importance démesurée que j'accorde habituellement à la ponctualité, je camouflai mon impatience et fis semblant de ne pas écouter ses excuses, comme si je n'avais même pas remarqué son retard. Après avoir suspendu son manteau à l'un des crochets dont est garni le mur droit du vestibule, je l'invitai à passer dans la salle à manger. Elle me fit alors les compliments d'usage : « C'est joli chez toi, très chaleureux !

— C'est modeste mais confortable, répondis-je bêtement. Tu veux faire le tour ?

— Bien sûr. »

Je lui fis donc voir le salon, où elle scruta longuement une reproduction d'un tableau méconnu de Munch ; puis ma salle de travail, où elle parcourut des yeux, un peu trop rapidement à mon goût, ma bibliothèque ; ma salle de bains, où elle nota d'un regard approbateur la présence de chandelles ; enfin, j'eus un moment d'hésitation avant d'ouvrir la porte de ma chambre à coucher. Peut-être à cause d'un inconscient manque de confiance en moi, j'avais négligé cette pièce lors de mon ménage. Mes appréhensions furent rapidement justifiées puisque la seule chose qu'elle sembla remarquer, en jetant un coup d'œil furtif sur mon intimité, fut un caleçon oublié par terre au pied du lit. Me voyant rougir un peu, elle sourit malicieusement et dit simplement : « Je me doutais bien que tu devais porter des sous-vêtements... »

Lorsque nous fûmes de retour dans la salle à manger, Marie-Ève regarda avec curiosité l'escalier menant à la cave : « Il y a un sous-sol ?

— Bien sûr, répondis-je ; mais il n'est pas fini, m'empressai-je d'ajouter.

— Je serais tout de même curieuse de le voir. Tu sais, il y a des gens qui pensent qu'on peut deviner la personnalité de quelqu'un en examinant sa bibliothèque, mais moi je crois qu'on en apprend bien plus sur une personne en visitant son sous-sol. C'est souvent dans les pièces qui lui servent de débarras, là où elle range ce qui ne doit pas être exposé à la vue, qu'une personne se révèle le plus.

— Peut-être, mais dans le cas présent, je t'assure, c'est vraiment pas la peine. »

Voyant que je n'avais pas l'intention de céder, Marie-Ève se résigna à prendre place devant son couvert. Pour ma part, j'étais soulagé qu'elle n'insiste pas davantage. Je voulais bien lui faire voir ma chambre à coucher et les sous-vêtements qui y traînent, mais pas mon sous-sol tout de même ! Non seulement je ne voulais pas qu'elle voit tout ce que j'y avais enfoui temporairement, mais surtout je ne la connaissais pas suffisamment pour deviner quel effet pourrait avoir sur elle l'exotisme de ma collection. D'ailleurs, c'était justement à cause de la répulsion qu'elle pouvait inspirer aux âmes sensibles que j'avais cru préférable de la loger au sous-sol.

Même si je la connaissais peu, je constatai rapidement que la jolie Marie-Ève avait de la suite dans les idées, pour ne pas dire un certain entêtement, et que je n'étais pas au bout de mes peines. En effet, dès que le couscous fut servi et que nous eûmes trinqué à nos santés respectives, elle se mit à m'interroger : «Dis-moi, serais-tu quelqu'un de cachotier par hasard?

— Non, je ne crois pas, fis-je innocemment.

— Cachotier n'est sans doute pas le mot juste, mais peut-être es-tu quelqu'un qui ne s'ouvre pas facilement?

— Ça dépend comment on s'y prend. Mais rassure-moi, tu ne me demandes pas ça juste parce que je ne t'ai pas fait visiter mon sous-sol?

— Sans doute un peu, concéda-t-elle. Mais je n'y peux rien, c'est plus fort que moi! Pour moi le sous-sol c'est comme un symbole.

— Oublie un peu les symboles, et pense plutôt à ton bol!»

Ce détournement de conversation me parut d'abord réussi. Cependant, bien qu'elle semblât avoir abandonné l'idée de me parler de mon sous-sol, Marie-Ève ne démontra pas pour autant beaucoup d'intérêt pour d'autres sujets de conversation. J'avais beau me démener pour faire lever une discussion, le laconisme de ses réponses ou de ses commentaires brisait tous mes élans. Elle semblait ailleurs, bien loin de moi, et les mots que je lui lançais comme des bouées, les phrases que je lui tendais comme des perches, n'arrivaient pas à capter son attention. J'étais sur le point de désespérer de la ramener sur terre lorsque, soudain, elle sembla s'éveiller : «Tu as entendu?» Sans doute trop concentré à soutenir seul la conversation, je n'avais rien entendu de particulier. De son côté, Marie-Ève s'était figée dans une attitude d'écoute attentive : «Un bruit bizarre, expliqua-t-elle, je crois que ça venait du sous-sol...» C'était donc ça, elle n'était pas dans la lune tout le temps que je lui parlais, mais bien dans mon satané sous-sol!

« C'est sans doute la fournaise qui a démarré, dis-je avec le plus de détachement possible.

— Tu crois?

— Bien sûr, ça ne peut pas être autre chose. »

Tout en demeurant visiblement aux aguets, elle accepta temporairement cette explication. Pour ma part, je me sentais poussé à redécouvrir cette chose curieuse qu'est le langage d'une maison. Tout comme le langage non verbal d'une personne révèle parfois les contours de sa psyché profonde, peut-être les bruits émanant d'une maison sont-ils une manifestation de son âme secrète. Chacune n'a-t-elle pas ses bruits distincts et bien à elle? Cependant, quand on vit depuis un certain temps avec l'une d'elles, on ne l'entend plus vraiment. L'habitude nous rendant inattentif aux messages qu'elle nous lance quotidiennement, on devient, avec sa maison, comme un vieux couple. Peut-être mon sous-sol voulait-il se venger de mon indifférence coutumière et profiter de la rare présence d'une oreille étrangère pour faire valoir ses droits? Parfois, l'incursion de l'inédit dans nos habitudes secoue notre hébétude et nous force à porter un regard différent sur notre monde. C'est ce que j'avais l'impression de vivre à travers le triangle insolite qui se formait entre Marie-Ève, le sous-sol et moi.

Mais le plus souvent, quand un étranger vient mettre en relief notre propre étrangeté, on résiste à cette perversion de nos perceptions qui vient bousculer notre insouciance quotidienne. C'est ce que je venais de faire avec mon mensonge sur la fournaise. Je savais très bien qu'elle n'était pas encore activée, la douceur de l'automne m'ayant permis de repousser la date de sa mise en fonction. J'avais invoqué la fournaise comme on se met sous la protection d'un gris-gris quelconque, comme on psalmodie un mantra : pour ne pas penser, pour détourner le miroir que Marie-Ève tendait vers moi. Cependant, je pressentais déjà que, côté sorcellerie, je ne pourrais pas rivaliser avec elle. Elle avait semé le doute dans mon esprit et j'étais désormais incapable de détacher mon attention des sons qui remontaient du sous-sol comme des plaintes venues de la nuit des temps... ou peut-être de ma propre nuit. Et elle, elle souriait doucement, satisfaite d'avoir éveillé, en moi et dans mon sous-sol, des démons aussi vieux que la vie.

Pour faire diversion, je proposai de prendre le café au salon où je pourrais lui faire entendre le disque de Tom Waits que je venais de me procurer. Évidemment, c'était surtout un prétexte pour nous éloigner de la descente d'escalier qui me semblait de plus en plus bavarde. Tout en étant sans doute consciente du motif de ce déménagement, Marie-Ève accepta de bonne grâce ma proposition. D'une démarche un peu arrondie par le vin, elle traversa le salon et se laissa choir avec nonchalance sur mon divan. D'un mouvement discret, elle fit glisser ses escarpins sur la moquette. La beauté de Marie-Ève était décidément mystérieuse. Un mélange étonnant de chaude sensualité et de froideur altière. Alors que cette idée me traversait l'esprit, j'eus le temps d'hésiter, de me demander si j'allais m'asseoir avec elle sur le divan ou si je devais plutôt me tenir à distance dans le fauteuil individuel. Finalement, le sourire de Marie-Ève, qui avait sûrement deviné mon dilemme, me fit choisir la première option : je lui tendis sa tasse et m'installai à ses côtés.

Après quelques minutes, je commençai enfin à me détendre. Marie-Ève, soudainement loquace, me parlait de ses goûts musicaux et moi, tout en allongeant mes jambes sur la table basse du salon, je l'écoutais distraitement. En fait, j'étais très attentif au son de sa voix, à son timbre, à ses intonations et à son rythme. Mais cette concentration dirigée sur la musique de sa voix faisait en sorte que je remarquais peu les paroles qu'elle portait jusqu'à mes tympans. Tout en me laissant bercer par cette mélodie, qui me semblait reposer essentiellement sur la tonalité du mi, j'observais avec application le mouvement de ses lèvres. Au bout d'un moment, je crus percevoir un lien de causalité entre la forme de ces lèvres pleines et rondes et la musique qu'elles produisaient ; et sous mes yeux ahuris, je voyais ses lèvres se transformer, s'illuminer et se dilater de plus en plus, au point de devenir le vaste pavillon d'un saxophone ténor où j'avais envie de me plonger tout entier. Marie-Ève remarqua le petit tressaillement de vertige que me donna cette image : « Ça va ? me demanda-t-elle.

— Oui, oui, j'ai juste eu un *flash* étonnant...

— De quelle nature ?

— En t'écoutant parler, j'ai eu l'idée d'une théorie un peu farfelue des lèvres et des voix, d'une classification des divers types de musicalité des voix en fonction de la forme des lèvres.

— Je ne suis pas sûre de bien comprendre.

— C'est simple. Toi, par exemple, on pourrait dire que tes lèvres rondes et charnues ont un peu la forme du saxophone et que c'est pour cette raison que ta voix évoque en nous un certain jazz des années trente. En fait, quand je t'écoute j'ai l'impression d'entendre un solo de Lester Young. Donc, dans ma typologie, tu serais classée dans « lèvres jazzées traditionnelles ».

— Ça ne semble pas très scientifique ton affaire.

— Absolument pas, et c'est pourquoi ça me plaît, car tu sais... »

Un grondement sourd vint interrompre mon envolée oratoire. Non seulement le bruit fut-il assez fort pour couvrir la voix graveleuse de Tom Waits, tout en s'y harmonisant d'étrange manière, mais j'eus même l'impression que le plancher trembla un peu. Alors que je ne pouvais dissimuler l'expression d'une certaine crainte sur mon visage, Marie-Ève afficha sa satisfaction d'un sourire narquois : « Tu n'essaieras tout de même pas de me faire croire que c'est encore la fournaise ?

— Bien sûr que non, dis-je en me ressaisissant. Je crois plutôt que c'est le signe qu'il serait grand temps que je fasse refaire la tuyauterie. Cette bâtisse commence à avoir de l'âge !

— On dirait bien. Tu sais, une maison c'est comme ton corps, il ne faut pas en soigner seulement les apparences, il faut aussi entretenir ce qui n'est pas immédiatement visible à l'œil nu ;

si on néglige ces parties cachées, elles finissent toujours par se révolter et se manifester au grand jour, et d'une manière parfois gênante... »

En disant cela, elle avait fait glisser lentement son index de ma gorge jusqu'à la boucle de ma ceinture, sous laquelle je sentais déjà le début d'une érection. Son geste, pour le moins provocant, déclencha en moi une réaction quasi instinctive : avec une certaine brusquerie, je dois l'avouer, je tentai de l'enlacer et de l'embrasser. Marie-Ève me repoussa doucement, sans manifester de surprise, ni de crainte ou de colère, en me disant simplement : « Mais voyons, mon cher, nous nous connaissons si peu encore... »

Aussitôt, la honte s'empara de moi, comme si, en affirmant avec ironie ne pas me connaître suffisamment, elle venait précisément de me démasquer. Pour détendre l'atmosphère, Marie-Ève choisit de me taquiner gentiment : « Ce n'est pas grave, ta réaction ne fait qu'illustrer ce que j'étais en train de dire sur les parties cachées qui finissent toujours par se révolter. » Plutôt que de me rassurer, ces paroles ne firent qu'ajouter à ma confusion. J'avais le désagréable sentiment qu'elle jouait avec moi et que je n'avais plus aucun contrôle sur les événements. Si ce n'eut été que de mon avance sexuelle prématurée, j'aurais sans doute pu retrouver mon aplomb et mon sang-froid, mais mon embarras venait aussi du fait que les bruits émanant du sous-sol ne s'étaient pas tus. Au contraire, ils ne faisaient que s'amplifier. Jamais auparavant cette maison n'avait émis de tels gémissements. L'affolement qui me gagnait ne me laissait entrevoir qu'une explication à ce boucan : la maison réagissait à la présence de cette femme étrange, beaucoup trop belle pour avoir accepté mon invitation sans une quelconque arrière-pensée. Comment avais-je pu croire qu'il fût naturel qu'une femme comme elle partage avec moi un souper aux chandelles ? Chose certaine, je n'avais plus le choix : je devais descendre au sous-sol pour voir ce qui s'y passait. Je dis à Marie-Ève de m'attendre quelques instants, le temps que j'aille régler le problème de tuyauterie.

En descendant l'escalier, je n'avais qu'une idée en tête : fermer le plus rapidement possible l'alimentation en eau de la maison. Pourtant, une fois au sous-sol, je restai un long moment figé devant le spectacle inquiétant que j'avais sous les yeux. Tous les tuyaux, qui couraient le long des murs et au plafond, semblaient secoués de spasmes frénétiques. Je devais vite couper l'eau avant que l'un d'eux n'éclate et n'inonde le sous-sol. Mais il était difficile de retrouver l'entrée d'eau puisque les vibrations engendrées par la tuyauterie faisaient clignoter les deux ampoules qui, dans la précarité de ce sous-sol en crise, ne tenaient qu'à un fil. Dans cet espace exigu, déjà surchargé par des dizaines de cages et viviers, et où, en plus, j'avais jeté tout ce que je ne savais pas où ranger un peu plus tôt, toute avancée s'avérait périlleuse. De plus, les animaux étaient eux aussi envahis par la folie environnante : les lézards couraient fébrilement dans leurs viviers, se cognant obstinément la tête aux parois de verre ; dans une sorte de transe hypnotique, les serpents sifflaient tout en balançant de gauche à droite leurs têtes relevées.

À l'instant où je reprenais mes esprits et décidais de foncer vers le fond de la pièce, la lumière s'éteignit brusquement. Dans ces circonstances, mon élan mal mesuré ne pouvait être que catastrophique. Je m'enfargeai dans un tas de linge sale et, en tombant, renversai une pile de vaisselle, sale elle aussi. Au même moment, je vis le vivier de mon lézard préféré, le *basiliscus plumifrons,* plus communément appelé lézard Jésus-Christ, glisser de sa tablette et s'écraser avec fracas à quelques pieds de ma tête. Complètement dépassé par l'absurdité des événements, je ne pus contenir un hurlement où la colère se mêlait à la terreur. Puis, comme s'épuisait mon cri, la fureur ambiante s'apaisa elle aussi, à l'unisson de mon désarroi.

Je vis alors apparaître une lueur au bas de l'escalier. Dans un silence aussi saisissant que le vacarme qui venait de s'achever, cette lumière, qui me semblait surnaturelle, s'avançait lentement vers moi. Au bout de quelques secondes, je reconnus derrière cette lueur le bras tendu de Marie-Ève tenant une bougie devant elle. Je sursautai lorsqu'elle se mit à parler, car au même moment mon petit Jésus-Christ, que je n'avais pas vu venir, grimpa sur ma poitrine : « Voilà donc ce que recèle le sous-sol de notre homme : des reptiles de toutes sortes. C'est encore plus intéressant que je ne l'espérais... »

Disant cela, elle tournait autour de moi et dirigeait la faible lumière de la flamme vers chacun des murs de la pièce, comme si elle voulait faire l'inventaire des espèces présentes. Et je pouvais voir au passage de la flamme les visages de mes animaux presque collés aux vitres qui leur servaient de fenêtres sur le fascinant royaume des humains. Leurs yeux étaient tous braqués sur le centre de la pièce où une prêtresse étrange semblait interpréter d'énigmatiques augures à partir d'un corps sacrifié, couché malgré lui sur un autel de ciment, et de quelques restes alimentaires séchés au fond de plats et d'assiettes brisés. Comme des fidèles fanatiques, mes reptiles attendaient la suite de ce rituel initiatique avec impatience. La grande prêtresse allait-elle procéder au sacrifice ultime ?

Sur la tablette libérée par la chute du vivier de mon Jésus-Christ, Marie-Ève déposa finalement le bougeoir et sa bougie. Puis, plaçant ses pieds de chaque côté de mes hanches, elle savoura longuement, du haut de sa verticalité, ma faiblesse légendaire s'étalant clairement dans mon horizontalité involontaire. Enfin, comme pour la rejoindre dans la verticalité, dans l'ascendance de sa beauté paradigmatique, mon corps dirigea toutes ses énergies vers mon sexe. Une érection extrême ! Mais la dureté de mon pénis était vaine et douloureuse tant qu'elle restait prisonnière du velours de mon pantalon. Son regard s'arrêtant sur ce renflement, Marie-Ève esquissa un sourire compatissant. Après une courte hésitation, elle décida de délivrer ce désir des chaînes de la décence, défit ma ceinture, ouvrit ma braguette et permit à mon corps d'exhiber sa soif des cieux. Elle retira ensuite sa robe, sous laquelle elle ne portait évidemment pas de sous-vêtements, et dit simplement : « Comme c'est drôle, j'ai soudain l'impression de te connaître depuis le début des temps... »

La Cérémonie

*On finit toujours sur l'éternel quai de gare...
des adieux.*

HUBERT-FÉLIX THIÉFAINE

Marie-Julia ne comprenait pas pourquoi il accordait tant d'importance à ce souper en tête
à tête. Pourtant, après avoir fait des études en
anthropologie, elle aurait dû connaître l'importance des rituels, savoir qu'ils peuvent nous aider
à mieux vivre, qu'ils sont souvent des oasis de
sens dans le désert de l'absurdité quotidienne.
Mais dans notre société, où le pragmatisme et
les prétentions scientistes ont fini par recouvrir
l'ensemble de nos vies d'un vernis de cynisme
facile, on est porté à traiter les rites avec légèreté,
comme s'ils ne pouvaient être que de vieilles
superstitions, une forme de bigoterie passéiste.
L'exemple le plus frappant de cet état d'esprit se
retrouve dans la relation que nous entretenons,
ou plutôt que nous n'entretenons plus, avec
la mort. Nous ne voulons plus voir nos morts ;
à peine ont-ils émis leur dernier râle dans la
solitude grise d'une chambre d'hôpital qu'on
s'empresse de les transformer en cendres bien
scellées dans une urne ; et avant même que celle-
ci ne soit rangée pour l'éternité dans une case
bien hermétique d'un crématorium aseptisé, les
endeuillés, ayant pour la plupart avalé quelques
cachets pour être certains de ne rien sentir, se

conditionnent entre eux à l'évitement, avec ce cliché bêtement répété : « La vie continue... la vie continue ! » Bien sûr qu'elle va continuer la vie et on n'y pourra rien, comme toujours. Mais ne pourrait-on pas s'arrêter un moment pour faire des adieux décents, prendre le temps de vivre ce passage de la mort pour ce qu'il est vraiment : une part intégrante de cette putain de vie qui, on le sait très bien, va continuer. En refusant de regarder la mort en face, en croyant l'escamoter par le rejet des rituels liés au deuil, ne donne-t-on pas un pouvoir occulte encore plus grand à cette peur de la mort qui influence tant nos vies ?

Jérôme, pour sa part, et non sans une certaine fierté, peut-être même avec un brin de coquetterie, continuait de chérir les rituels. Sa créativité, par exemple, ne pouvait se manifester pleinement qu'à travers certains processus très précis ; l'écriture, tout comme la lecture, ne le menait à l'extase que dans le cadre d'une ritualisation patiemment perfectionnée au fil des années. Évidemment, le domaine de l'amour et de la sexualité ne pouvait pas davantage échapper à sa passion des *formes*. Il pouvait paraître vieux jeu aux yeux de certains, mais il croyait fermement que l'amour nous entraîne toujours plus loin, que ce soit en dedans ou en dehors de nous-mêmes, lorsqu'il revêt les apparats du rituel. Entre autres, il trouvait dommage que les rituels de séduction soient de plus en plus réduits à un strict minimum : quelques regards échangés dans un bar, un verre offert, quelques rires partagés, des effleurements pour confirmer l'intérêt, des touchers directs pour sceller l'engagement d'une nuit, et hop! on part coucher ensemble... Bien sûr, des rencontres de ce genre il en avait fait quelques-unes et ce fut le plus souvent agréable, mais jamais l'amour n'avait pu naître de ces rencontres sans cérémonie. C'était sans doute l'une des séquelles laissées par le romantisme ardent de sa jeunesse : l'amour avait besoin de certains apparats pour pouvoir aller danser dans la grande salle de bal qu'était son cœur.

Il n'y avait donc rien d'étonnant à ce qu'il ait envisagé ce souper comme un rite de passage. Une vingtaine de chandelles, soigneusement dispersées ici et là, éclairaient l'ensemble de l'appartement. Un léger parfum d'encens embaumait délicatement les lieux. Dans le salon et la cuisine, des haut-parleurs répandaient par vagues les plus belles lignes mélodiques de Duke Ellington. Deux flûtes de champagne attendaient sur la table du salon. Toute cette mise en scène parut inquiéter Marie-Julia. Pour la rassurer, Jérôme sentit le besoin de se justifier : «Je tenais à ce que ce souper soit particulier, une sorte de fête, un moment mémorable, quoi!»

Guère convaincue, Marie-Julia se contenta de sourire timidement. Il sentait bien qu'il n'avait pas droit à l'erreur, que son personnage se devait d'être parfait pour qu'elle consente à lui donner la réplique, qu'elle accepte de jouer le rôle qui lui était dévolu dans cette scène qui pouvait être la dernière. Pour que les cœurs s'ouvrent avec sincérité, pour que la vérité des sentiments jaillisse avec authenticité, il fallait que les artifices déployés soient sans faille; non seulement le décor, mais aussi les dialogues et le ton sur lequel les acteurs allaient les déclamer.

Comme il s'y attendait, l'atmosphère fut légèrement tendue au cours de la première demi-heure. Il la sentait sur ses gardes, un peu craintive. La discussion roula sur des banalités, sujets convenus qui, sans être totalement anodins, permettent de se mettre en train sans trop prendre de risques. Il s'informa des derniers développements à son boulot, elle commenta les derniers aménagements intérieurs qu'il avait faits dans son nouvel appartement; et son projet de retour aux études? et toi, tes projets d'écriture? et ses envies de voyages? et ainsi de suite...

Ce n'est que lorsqu'ils prirent place à table que la discussion devint plus sérieuse. Les premières appréhensions apaisées, et le vin aidant sans doute également, ils abordèrent des sujets plus importants, mais toujours avec une certaine distance. Ils discutaient maintenant de leurs perceptions de la vie, de l'avenir et de l'amour, sans toutefois parler d'eux deux encore. Petit à petit, les allusions à leur situation devinrent moins évasives, pour finalement, une fois leurs assiettes terminées, en arriver aux vraies explications. C'est lui qui finit par plonger tête première dans le vif du sujet : «Est-ce que tu peux me dire où nous nous en allons toi et moi?

— Pourquoi? Faut-il absolument que nous allions quelque part?

— N'essaie pas de t'esquiver, ton badinage ne fait que retarder l'inévitable. Il faudra bien crever l'abcès à un moment, alors aussi bien le faire tout de suite.

— Je sais bien, mais ce n'est pas facile. Je ne sais pas trop par où commencer.

— Commence donc simplement par me dire comment tu te sens ces temps-ci.

— Même ça c'est difficile, car on dirait que je ne suis plus sûre de rien.»

Elle essaya alors de lui expliquer les tourments qu'elle vivait depuis un certain temps. Voyant l'ombre de la trentaine planer sur elle, Marie-Julia avait soudain l'impression que le temps pressait, qu'elle devait décider, rapidement et une fois pour toutes, ce qu'elle ferait de sa vie. Elle souhaitait faire un retour aux études, sans toutefois parvenir à se décider pour un domaine ou un autre. Elle voulait aussi adopter un régime de vie plus sain, cesser de fumer et se remettre en forme. Elle sentait l'urgence de se secouer pour ne pas être fossilisée vivante par le confort des habitudes. «En somme, conclut-elle, les remises en question surgissent de partout et je sens que je dois faire le point pour donner un nouvel élan à ma vie.

— Il n'y a pas à dire, c'est la totale, une vraie crise existentielle! Et moi dans tout ça?

— Ce n'est pas de ta faute, mais avec ce que je viens de te raconter... dans l'état où je suis...

— Alors ça y est, cette fois-ci c'est définitif?

— J'ai bien peur que oui. Je crois qu'on est allés au bout de ce qu'on pouvait vivre ensemble.»

Un long silence s'installa. Même en préparant ce qu'il avait lui-même appelé un souper d'adieu, Jérôme n'avait pu s'empêcher de conserver un mince espoir tout au fond de son cœur. Devant la fermeté affichée par Marie-Julia, il savait maintenant qu'il était inutile d'insister, qu'il fallait se résigner. Il ne restait plus qu'à faire en sorte que la scène finale de leur histoire soit à la hauteur des sentiments qu'elle avait su faire éclore en lui. Le certificat de décès de leur amour venant d'être estampillé, il fallait passer au cérémonial d'adieu. N'était-ce pas ainsi qu'il avait d'abord envisagé ce souper, comme un rite de passage essentiel ? C'est dans cet esprit qu'il avait demandé à Marie-Julia, comme un condamné formule une dernière volonté, de lui écrire un petit mot d'adieu. « Rien de nécessairement extravagant, quelques lignes griffonnées dans une carte peuvent suffire », lui avait-il dit. En fait, tout ce qu'il souhaitait, c'étaient quelques mots qui puissent donner une apparence de sens au deuil qu'il aurait à vivre ; exactement comme ce qu'on fait devant le cercueil d'un proche, lorsqu'on se rappelle les plus beaux moments de son existence pour se convaincre que celle-ci ne fut pas vaine et qu'il restera, pour quelque temps encore, quelque chose de cette vie dans l'âme et le cœur de ceux qui l'ont aimé. « Que restera-t-il de nous, dans nos cœurs, après la dissolution de ce nous ? », voilà ce qu'il avait en quelque sorte demandé à Marie-Julia et qu'il espérait découvrir dans son mot d'adieu.

La musique venait de s'arrêter, mais Jérôme ne se levait pas pour aller mettre un autre disque. La pièce s'emplissait d'un silence nécessaire. Tout en fixant la flamme d'une chandelle, il laissait les souvenirs aller et venir, se laissait un peu attendrir. Au bout d'un moment, il se rappela la promesse qu'il s'était faite : tout en faisant de ce souper un moment d'émotion, éviter que cela ne devienne pénible pour Marie-Julia. C'était une célébration qu'il espérait, après tout, la fête de leur amour qui avait été somme toute une belle histoire. Bien que la vraie passion, au sens littéral du terme, ne fît que commencer pour lui, il lui fallait rester digne. Il se ressaisit donc et demanda à Marie-Julia si elle avait pensé au petit cadeau qu'il lui avait demandé.

« Je n'étais pas sûre de bien comprendre ce que tu voulais, mais je t'ai tout de même écrit un petit mot. Si tu espères des explications ou des justifications, je te préviens tout de suite, tu seras déçu !

— Ne t'en fais pas, ce n'est pas du tout ce que j'espère.

— Et ce n'est pas de la grande littérature non plus...

— Cesse de t'inquiéter, l'important c'est le geste. »

Alors qu'elle allait chercher une enveloppe dans son sac à main, Jérôme apporta sur la table l'assiette de fromages qu'il avait préparée, une demi-baguette de pain, ainsi qu'une nouvelle bouteille de vin. Il remplit la coupe de Marie-Julia et rompit le pain pour lui en offrir un bout. Puis, de la poche intérieure de son veston, il tira le mot qu'il avait écrit pour elle et le déposa au milieu de la table, à côté de l'enveloppe de Marie-Julia. Ainsi placées entre eux au centre de la table, les deux enveloppes qu'ils fixaient en silence avaient l'air d'un enjeu, d'une mise importante à la loterie de la mémoire ritualisée. Lorsque

Jérôme tendit lentement le bras pour prendre l'enveloppe de Marie-Julia, celle-ci, tout en rougissant un peu, l'arrêta en saisissant sa main : « Tu ne liras pas ça tout de suite quand même ?

— Bien sûr que oui, ça fait partie du jeu. Je n'ai quand même pas organisé tout ce rituel pour qu'on finisse par lire en cachette, chacun pour soi, ce qu'on a à se dire. Sinon, il aurait été plus simple de les poster, ces lettres. »

Marie-Julia hésitait toujours, sa main plaquant celle de Jérôme à plat sur son enveloppe et la table. L'attention de Jérôme se portait alternativement vers les deux sensations opposées qu'il ressentait : sur le dessus de sa main, la douceur moite de la peau de Marie-Julia lui rappelant son bonheur passé et, sous sa paume, la froideur un peu rêche du papier recyclé annonçant le désert des mois à venir. Comme elle ne semblait pas vouloir lâcher prise, il lui proposa un compromis : « Si tu préfères, je peux commencer par te lire ce que j'ai écrit ?

— D'accord », finit-elle par concéder après un moment.

Jérôme ouvrit donc sa propre enveloppe, déplia les deux grandes feuilles lilas aux enluminures fleuries, approcha une chandelle pour mieux voir et s'éclaircit la gorge. Puis, d'une voix légèrement étouffée par l'émotion, il lut tranquillement :

Après avoir tant écrit pour célébrer notre amour, je dois maintenant écrire pour l'ensevelir ! Les mots, les phrases, comme des mottes de terre grasse, pour recouvrir le grain agonisant d'un amour à peine naissant. Il faut bien que le grain connaisse la mort pour que la fleur puisse éclore. Bien sûr, c'est une autre alcôve qu'elle embaumera, c'est à la boutonnière d'un autre que cette fleur étalera sa beauté, mais il y aura tout de même quelque chose de moi en elle, comme une trace de mon passage dans le dessin des nervures d'une feuille, ou dans la forme d'un pétale s'ouvrant un peu plus largement pour faire place aux autres.

Ce ne fut pas une grande histoire d'amour roman-tique. C'était tout de même une histoire qui méritait de suivre son cours. Elle a donné lieu à de beaux moments et permis aux personnages d'évoluer de manière signifi-cative. N'est-ce pas là l'intérêt majeur de toute histoire : voir comment les personnages se transforment entre le début et la fin du récit ? Eh bien voilà, c'est fait : je ne suis plus le même qu'il y a deux ans et tu n'es sans doute plus la même. Évidemment, j'aurais souhaité que l'histoire soit plus longue, que la nouvelle se transforme en roman d'amour. Parfois, je ne peux m'empêcher de penser que ce n'est peut-être qu'un chapitre qui s'achève, le temps qu'une intrigue secondaire vienne donner du relief à l'action principale. Mais je chasse rapidement ces rêveries, car peu importe ce qui se termine, il y a une fin à admettre et à consommer, c'est-à-dire à écrire. Et si je dois l'écrire, cette fin, c'est pour la purifier de tout sentiment d'échec qu'elle pourrait contenir. Voilà sans doute la vraie nature de ce texte : par l'alchimie du verbe, faire d'une fin un passage, rendre l'incompréhensible acceptable et transformer l'anéantissement en accomplis-sement. Car quand je parviens à faire taire mes douleurs les plus criantes, j'en arrive à croire que nous avons bel et bien accompli quelque chose de beau.

Je ne peux t'en vouloir de ne pas avoir toujours su répondre à mes effusions. Tu as joué ta partie de *notre duo avec les notes qui résonnaient en toi, dans la tonalité qui était la tienne. Cela nous aura donné quelques beaux moments d'harmonie. Maintenant que tu te sens trop essoufflée pour suivre mon crescendo, je dois te laisser jouer ta propre fugue en solo, contenir mon désir ardent d'y ajouter un contrepoint en « si » et en « peut-être que ». J'aimerais cependant que ta fugue conserve quelques échos de nos harmoniques passées, comme une preuve que notre duo ne fut pas une mauvaise musique. Quels sont ces échos qui mériteraient de faire une réverbération dans la musique de ta vie à venir ? Voilà ce que j'aimerais entendre de ta bouche avant que tu t'éloignes, pour que mon cœur puisse dormir en paix et te dire sans regret : Adieu !*

La vue brouillée par les larmes, il eut de la difficulté à terminer sa lecture. Longtemps, il resta figé, les grandes feuilles lilas devant son visage, les yeux fixés sur le dernier mot au bas de la page, celui qu'il n'arrivait pas à prononcer : *Adieu !* Lorsqu'il replia les feuilles et tendit le bras pour l'offrir à Marie-Julia, il n'y avait plus qu'une chaise vide en face de lui. Elle s'était enfuie. Il avait bien entendu, au milieu de sa lecture, le bruit de la chaise glissant un peu sur le parquet, mais il avait choisi de garder obstinément les yeux sur sa feuille, pour être certain d'aller jusqu'au bout. Au bout de ses mots, bien sûr, mais surtout au bout de lui-même, de sa vérité. Tout en songeant qu'elle était peut-être en train de se sauver et qu'il ne la reverrait peut-être jamais, il avait décidé de poursuivre malgré elle, d'être encore plus fidèle à son idéal qu'à celle avec qui il avait voulu s'en approcher. Et, tenant les feuilles devant son visage, il avait continué de lire à voix haute, sans vérifier s'il était toujours entendu, jusqu'à l'avant-dernier mot. Peut-être était-elle déjà en train de se moquer de lui en racontant à sa meilleure copine sa dernière lubie, cette idée ridicule d'un souper d'adieu rituel. Mais il se consolait en se disant qu'il ne regretterait pas, dans les mois à venir, d'avoir écouté son cœur, d'avoir fait les choses de la manière qui lui semblait la plus belle et la plus juste.

Cependant, alors qu'il allait chercher une dernière consolation dans la lecture de la lettre de Marie-Julia, il constata que l'enveloppe aussi était disparue! Marie-Julia l'avait reprise en s'enfuyant. Il ne restait plus, au milieu de la table, que deux olives tombées un peu plus tôt du plat à hors-d'œuvre. Après la fuite, il s'étonna que cette trahison ne le mît pas davantage en colère. «C'était écrit», se dit-il, presque souriant, en songeant à un vieux succès de Cabrel. Malgré tout, il se fit à lui-même une promesse solennelle : même si l'amour ne devait jamais être qu'un dangereux jardin d'oliviers aux sentiers tracés d'avance, il ne cesserait jamais de s'y promener, toujours sans défense et continuant d'accepter les baisers offerts sans se soucier des calvaires qu'ils peuvent annoncer.

Et il souffla sur la seule chandelle qui ne s'était pas encore éteinte.

Le Secours de l'escalier

*Un homme s'identifie peu à peu avec la forme
de son destin ; un homme devient à la longue
ses propres circonstances.*

JORGE LUIS BORGES,
L'Écriture du Dieu

*Quant à me perdre vraiment, il n'en est pas
question. Seuls ceux qui se sont trouvés risquent
de se perdre, mon ami, et je ne me suis jamais
trouvé.*

SERGIO KOKIS,
Les Amants de l'Alfama

*Alors, au fil des routes, on laisse des morceaux.
On traîne sa carcasse et un peu d'espace. On se
met en ménage avec l'angoisse, avec la solitude.
Deux sangsues qui ventousent le petit reste. On
s'hébète. On cloche. [...] Et pan ! la falaise droit
devant. Une manière de coma. Il doit quand
même y avoir, mais où, une pitié en trop ? Un
pardon qui n'a pas trouvé sa faute.*

JACQUES BRAULT,
Il n'y a plus de chemin

C'est une étrange obsession chez elle que celle d'être toujours à la hauteur ; peut-être devrais-je dire : à sa hauteur. Ceux qui la connaissent peu ne se douteraient jamais qu'un tel vice puisse, presque jour et nuit, torturer l'esprit de Marie-Sophie. Pour eux, Marie-Sophie est une jeune femme réservée, rangée, « à son affaire », comme on dit communément. Même à l'aube de la trentaine, il se dégage toujours de son visage et de son regard cette espèce d'innocence qui l'a toujours condamnée au rôle de fille modèle. Ceux qui l'ont fréquentée un peu plus longuement ont pu être témoins, à un moment ou un autre, de manifestations de son orgueil. Ces témoins privilégiés sont rares dans la vie de Marie-Sophie : les membres de sa famille bien sûr, quelques amis proches, et peut-être un ou deux collègues de travail plus perspicaces ; même si habituellement ces derniers parlent plutôt de perfectionnisme lorsqu'ils veulent la décrire. Toutefois, ce dont je veux parler, bien que ça provienne sans doute d'une même source, n'est ni de l'orgueil ni du perfectionnisme. C'est quelque chose de moins dur, de moins évident, je dirais même, de moins réel. Pourtant, cette chose insaisissable est répandue dans toute son âme, comme le sang dans son corps, et imprègne autant ses pensées que ses actions. Ce sentiment, qu'elle a si bien mis en photos, Marie-Sophie n'est jamais parvenue à le mettre en mots. D'ailleurs, le terme sentiment est sans doute inexact ici, mais nous nous en contenterons pour le moment, car ce n'est pas avec un mot, ni même une phrase, mais plutôt avec une histoire, que j'espère définir un peu plus cette chose intérieure.

Qui suis-je pour prétendre expliquer Marie-Sophie mieux qu'elle ne s'expliquait elle-même ? L'ai-je fréquentée longuement ? Non. Ai-je été particulièrement proche d'elle ? Non plus. En fait, c'est précisément parce que je n'ai jamais fait réellement partie de sa vie que je peux espérer la comprendre un peu plus. C'est sans aucun doute la raison pour laquelle elle s'est ouverte à moi davantage qu'à quiconque : elle était tout à fait convaincue que je ne pourrais jamais pénétrer son espace biographique. Dans le champ de son existence, croyait-elle sans doute, je ne serais jamais plus qu'une ombre incertaine en marge de sa vie réelle.

***

J'ai connu Marie-Sophie la nuit du premier mai. Je m'en souviens très bien puisque je célébrais, avec une amère causticité et en mon for intérieur seulement, la fête des travailleurs. Cette nuit-là, je me sentais du courage et je me disais que j'avais bien fait de tout lâcher, de décrocher. Il faut dire aussi qu'il faisait enfin plus doux et que la nuit s'annonçait beaucoup moins pénible que celles de la dernière semaine. Ça faisait près d'un mois que j'étais à la rue et je commençais finalement à être content de mon choix. Car il faut bien le noter, je n'étais pas devenu clochard par accident, injustice ou malchance, mais bien par mes propres moyens. C'était le couronnement d'un long cheminement, d'une réflexion soutenue. Ce soir-là, en rêvant aux millions de prolétaires qui partout dans le monde célébraient la fête des travailleurs, j'étais content du choix de vie que j'avais fait, qui se voulait aussi un choix politique.

Évidemment, quand elle me vit m'approcher d'elle, Marie-Sophie ne pensa sûrement pas : « Tiens, voici un révolutionnaire ! » Mais avant qu'elle ait eu le temps de trouver la phrase qui lui permettrait d'éloigner poliment cet autre quêteux, mes bonnes manières avaient su l'amadouer : « Pardonnez-moi, mademoiselle, de vous importuner, mais si vous aviez une cigarette à m'offrir en ce soir de fête, vous feriez de moi le plus heureux des prolétaires ! » Elle resta figée un moment puis, avec un air de suspicion : « Vous fêtez quoi au juste ?

— Le premier mai, charmante demoiselle, c'est la fête des travailleurs ! Malheureusement on ne le souligne guère en Amérique du Nord où l'on préfère, et c'est très significatif d'un point de vue sémantique, la fête du travail ayant lieu le premier lundi de septembre. »

À la lueur que je vis étinceler dans ses yeux, je sus qu'elle saisissait bien mon ironie. Son sourire timide me fit croire que je m'étais mérité une cigarette. Pourtant, elle hésita longuement. Elle me toisait, ouvrait la bouche pour parler, se ravisait, hésitait encore. Ce manège finit par m'agacer : «Ce n'est qu'une cigarette après tout, ne vous torturez pas tant l'esprit pour une chose de si peu d'importance.» Ce n'est que lorsque j'entrepris de poursuivre ma route qu'elle osa enfin me lancer sa proposition : «Écoutez, je vous donne autant de cigarettes que vous voulez, à condition que vous les fumiez avec moi...

— Ça me va, lui dis-je en souriant. Voulez-vous en profiter pour visiter mon chez-moi?»

Elle resta interloquée et une certaine crainte lui fit même plisser les yeux. Pour la rassurer, je lui fis comprendre, d'un large geste circulaire du bras, que ce chez-moi n'était rien d'autre que la ville entière offerte à nos déambulations noc-turnes. Cette fois, elle rit de bon cœur. Comme première pièce à visiter, je lui suggérai le parc de l'Artillerie. C'est là que nous avons fumé nos premières cigarettes. Elle arrivait tout juste du Sacrilège, un bar du quartier voisin où elle venait de rompre avec son copain de la dernière année. En l'écoutant me raconter son histoire d'amour à l'agonie, sans inhibition aucune, je compris rapidement qu'elle tentait surtout de se l'expliquer à elle-même.

Si aujourd'hui je peux lier ses questionne-ments sentimentaux à son obsession d'être à la hauteur, ce soir-là, je n'y vis que les incertitudes d'une femme en pleine période de changement. Il faut dire que dans l'histoire d'amour dont elle me fit le récit, ce n'est pas tellement elle qui n'avait pas été à la hauteur, ni l'autre d'ailleurs, mais plutôt l'amour lui-même. Mais comme elle avait bien peu d'expérience en cette chose qu'on appelle amour, m'avouait-elle, elle avait du mal à comprendre l'histoire qu'elle venait de vivre et surtout la nécessité qu'elle avait ressentie d'y mettre fin. Je lui suggérai alors que la principale difficulté résidait peut-être précisément dans le fait que *cette chose que l'on nomme amour* n'est justement pas *une,* que c'est souvent mille et une petites choses inextricablement emmaillées les unes aux autres ; et que si chaque amour se tisse selon un maillage différent, il est dès lors presque impossible de tirer des lois générales de ce filet de sentiments unique.

Elle ne sembla guère porter attention à mes remarques et poursuivit son récit : «Je n'avais jamais été aussi proche d'un homme, j'étais très bien avec lui, mais je ne me sentais pas réellement amoureuse ; je n'étais pas transportée, exaltée, mais simplement bien entre ses bras. L'amour est supposé nous élever, nous amener ailleurs, non ?

— Vous savez, il m'arrive de penser que le mot amour ne devrait jamais s'employer au singulier, que si la langue était rigoureuse, ce mot serait invariablement au pluriel... »

Naturellement, le flou de mes réflexions n'apaisait nullement sa soif de comprendre. Je ne pouvais cependant m'exprimer davantage, ni plus clairement, sans dévoiler les douleurs toujours vives que ces questions éveillaient en moi. Et comme je n'avais pas envie de m'ouvrir, que mon état d'esprit me poussait plutôt vers la fuite et l'oubli, je ne pouvais en dire plus.

Pour faire diversion, je lui proposai de marcher un peu. Comme c'était déjà l'heure bleue et que le soleil allait bientôt déchirer l'horizon, je l'invitai à venir faire un tour sur ma galerie, c'est-à-dire sur la terrasse Dufferin. Au bout de celle-ci, nous avons grimpé la butte qui, à l'extrémité sud-est de la Citadelle et des plaines d'Abraham, surplombe la terrasse et offre une vue magnifique sur l'aval du fleuve en route vers l'estuaire et la mer, son suaire. C'est indéniablement le meilleur point de vue pour contempler le lever du soleil à Québec. Alors que nous admirions en silence la chorégraphie de la lumière dans ses innombrables costumes que sont les couleurs et leurs nuances, je faisais pour moi le bilan des quelques heures que je venais de passer en compagnie de Marie-Sophie. À n'en pas douter, je venais de faire la connaissance d'une jeune femme particulière. Son audace (ne venait-elle pas de passer trois heures à discuter avec un clochard ?) et son intelligence m'avaient d'ores et déjà séduit. Bien sûr, elle semblait un peu maladroite dans le domaine des relations humaines, mais ce n'était pas pour me déplaire, bien au contraire. Je n'avais pas encore mesuré toute la complexité de son âme, je ne devinais pas encore l'obsession qui était le ressort de son identité ; et surtout, je ne savais pas qu'elle ne cesserait d'échapper à mes jugements et diagnostics présomptueux, comme un animal évite tous les pièges du chasseur qui n'a pas su se mettre dans sa peau.

Lorsque le soleil se fut complètement libéré de l'Île d'Orléans, comme un poussin s'étant extirpé de sa coquille, elle se leva et dit, en pointant du doigt : «Vous savez, c'est de là que je viens...

— Du soleil ?

— Mais non, de l'île d'Orléans ! »

Puis elle s'éloigna tranquillement avant de se retourner, une vingtaine de mètres plus loin, pour me saluer de la main. Je lui répondis par un simple sourire alors qu'une larme glissait sur ma joue. C'est si beau un lever de soleil, surtout en compagnie d'une jeune femme qui ne craint pas le silence... et la beauté m'émeut si facilement que j'en pleure souvent.

***

Les jours suivants, je pensais beaucoup à elle. Comme je me doutais qu'elle habitait dans le Vieux-Québec, j'y passais le plus clair de mon temps. J'en profitais pour apprendre à quêter en anglais et peaufiner mes approches avec les touristes. Et même si après quelques jours cela fonctionnait plutôt bien, je restais toujours sur ma faim puisque jamais Marie-Sophie ne croisa mon chemin. Finalement, je m'en remis à cet ultime espoir : que notre discussion lui ait suffisamment plu pour qu'elle décide de repasser au même endroit, le même jour à la même heure, la semaine suivante.

Le lundi suivant, je me postai donc près de la porte Saint-Jean dès deux heures du matin. Je me sentais un peu ridicule, mais j'étais bien décidé à ce qu'aucune personne entrant dans la vieille-ville par cette porte n'échappe à ma surveillance. Si je me sentais ridicule ce n'était pas tant de faire le piquet dans la rue, car les regards amusés, inquiets ou réprobateurs, je m'y étais habitué, non, ce dont j'avais un peu honte, c'était de l'anxiété qui m'étreignait, exactement comme si j'avais eu un rendez-vous galant. Étant d'un naturel timide, les rendez-vous avec une femme m'ont toujours rendu extrêmement nerveux. Mais là, cette nervosité n'était pas du tout de mise ; d'une part, parce que je n'avais tout simplement pas de rendez-vous, et d'autre part, parce que la galanterie ne pouvait certainement pas faire partie d'une éventuelle relation avec Marie-Sophie. Je n'étais vraiment pas dans une situation où je pouvais prétendre faire du charme à une jeune femme, d'autant plus que Marie-Sophie devait bien avoir une quinzaine d'années de moins que moi. En fait, si j'espérais tant la revoir, c'était simplement parce qu'elle avait été le seul contact humain que j'avais eu depuis plus d'un mois ; je pourrais même dire que c'était le seul contact humain réel et authentique que j'avais eu depuis fort longtemps tellement ma vie des dernières années avait été factice, autant au travail qu'à la maison. En décidant de ne plus jouer le jeu de notre société détraquée, j'avais évidemment balayé de ma vie toutes les relations artificielles et mensongères qui me pesaient tant, mais je me retrouvais du même coup enfermé (ce qui est paradoxal pour un sans-abri) dans une étrange solitude dont je n'avais pas mesuré toute l'ampleur. La solitude est ressentie bien différemment lorsqu'on l'expose dans la paume d'une main tendue, au milieu d'une foule pressée et indifférente. Le sourire de Marie-Sophie avait été la première brèche dans la muraille grouillante de cette solitude vivante, la première lueur d'humanité qui m'ait donné envie de sortir de moi depuis que j'étais à la rue.

Voilà pourquoi j'épiais avec tant d'anxiété chaque piéton qui traversait la place D'Youville en direction de la porte Saint-Jean. J'ai dû voir défiler plus d'une centaine de personnes par cette porte durant l'heure et demie où j'ai espéré Marie-Sophie. À trois heures trente, l'heure de fermeture des bars, je me suis dit que j'attendrais encore quinze minutes ; si elle quittait le Sacrilège à ce moment précis, Marie-Sophie traverserait la place D'Youville d'ici une dizaine de minutes. Comme je faisais ce calcul, je sentis une main se poser sur mon épaule et une voix très douce me demander : « Pardonnez-moi, monsieur, de vous importuner ainsi, mais...

— Marie-Sophie ?

— Excusez-moi, je vous ai fait sursauter, on dirait.

— Non, non, ça va, c'est juste que... D'où arrivez-vous comme ça ?

— Vous ne m'attendiez pas de ce côté-ci, rigola-t-elle en devinant le motif de ma confusion. Je ne sors pas dans les bars tous les soirs, vous savez. En fait, c'est même très rare que je sorte en début de semaine. Donc, pour répondre à votre question, j'arrive de chez moi, tout simplement. »

Elle m'expliqua qu'elle demeurait tout près, rue Sainte-Ursule, deux étages au-dessus du petit resto où elle travaillait. Puis elle me demanda si je n'avais pas envie de fumer. La journée ayant été très bonne, j'avais ce soir-là un paquet presque neuf dans ma poche; cependant, par politesse, je ne lui en dis rien et acceptai de partager avec elle quelques-unes de ses cigarettes. Après avoir convenu que le Vieux-Port serait notre destination, nous avons descendu la côte du Palais pour aller prendre la rue Saint-Paul jusqu'à l'affreux béton des quais.

C'est ce soir-là que nous avons réellement fait connaissance, au sens conventionnel du terme, c'est-à-dire que nous avons échangé les informations biographiques élémentaires qui balisent habituellement l'identité d'un individu aux yeux des autres. J'appris, par exemple, que Marie-Sophie avait vingt-huit ans, qu'elle était bachelière en histoire de l'art et gagnait sa vie comme serveuse dans le bistrot dont elle m'avait déjà parlé. Puis, rapidement, nous sommes passés aux choses plus essentielles. Elle me parla d'une enfance tumultueuse, laissant sous-entendre qu'on avait brisé des morceaux de son monde intérieur alors qu'elle était toute jeune, et qu'elle était toujours à tenter de recoller ces morceaux. Elle me fit ensuite un récit enthousiaste du long séjour qu'elle avait fait en France un an auparavant; indéniablement, ce voyage avait été une étape cruciale dans sa quête d'une identité propre, d'une identité nouvelle et bien à elle, débarrassée des stigmates du passé. Ces longs mois au loin lui avaient permis de faire un grand pas en avant dans sa patiente tentative d'échapper à son histoire.

Consciemment ou non, c'est certainement pour les mêmes raisons qu'elle avait touché

à diverses formes d'expressions artistiques :
l'écriture, bien sûr, mais aussi la musique, le
dessin et la peinture. Depuis un certain temps,
c'était la photographie qui la passionnait. Elle
allait d'ailleurs, le mois suivant, exposer une vingtaine de ses photographies dans son bar préféré.
Même si ce n'était pas dans une galerie et que le
vernissage s'annonçait tout à fait informel, la préparation de cette exposition semblait beaucoup
la stresser. Elle refusa de m'en parler davantage
ce soir-là.

Pour détourner la conversation, elle m'interrogea à son tour : « Parlez-moi plutôt de vous.
Qui êtes-vous ?

— C'est une question bien vaste et difficile. Je
ne saurais trop par où commencer.

— Commencez toujours par décliner votre
identité, je ne sais même pas votre nom !

— Je m'appelle Simon, j'ai quarante et un an
et je me suis lancé dans la carrière de parasite
social il y a cinq semaines.

— Et qu'est-ce que vous faisiez avant ?

— Avant, j'étais triste et malheureux, mais
je faisais semblant d'être bien. Maintenant, je
fais semblant d'être malheureux pour susciter
la compassion et les oboles, mais je suis plutôt
heureux.

— Et dites-moi, monsieur, si ce n'est pas trop
indiscret, qu'est-ce qui peut pousser un homme
comme vous, qui semble plutôt instruit, à faire
ce nouveau choix de carrière ?

— Je crois que ça ressemble beaucoup à votre
voyage en Europe, mademoiselle. J'avais besoin
d'échapper à certaines situations existentielles

pour mieux me retrouver. Comme j'avais déjà fait l'Europe, ainsi que quelques autres continents, j'ai décidé de délaisser l'horizontal pour voyager à la verticale, c'est-à-dire vers le bas de l'échelle sociale. Au fond, c'est du pareil au même, l'essentiel étant de ne plus se sentir chez soi. »

Marie-Sophie acquiesça en souriant. Même si mes réponses piquaient sa curiosité davantage qu'elles ne la satisfaisaient, elle n'insista pas inutilement. Cette délicatesse, tout comme le fait qu'elle se plie au jeu du vouvoiement, fut à mes yeux une belle preuve de savoir-vivre. Nous avons fumé une dernière cigarette en silence, puis Marie-Sophie s'est levée : « Bonne nuit, Simon.

— Merci. Bonne semaine, Marie-Sophie. »

Elle me sourit une dernière fois et, d'un mouvement de tête, accepta le rendez-vous que je venais de lui proposer de manière implicite.

Moi, je restai sur le quai une bonne heure de plus. C'est à ce moment-là que je m'interrogeai pour la première fois sur le désir de Marie-Sophie d'être à la hauteur. En fait, ce n'était pas encore tout à fait ça, puisque ce soir-là je n'avais perçu ce désir que comme une forme d'orgueil. Cela m'avait particulièrement frappé dans sa manière un peu butée et excessive de rejeter vivement le rôle de victime, peu importe ce qui avait pu lui arriver. Elle avait même eu des mots assez durs pour les gens qui s'apitoient sur leur passé et s'en servent pour justifier leur malheur présent. Évidemment, je devinais bien que tout cela relevait un peu de l'instinct de survie, qu'il y avait là quelque chose de l'ordre de la carapace émotive que se forgent tant d'écorchés vifs. Cependant, je n'arrivais pas à voir si cette carapace lui pesait ou si, avec les années, elle avait fini par lui aller comme un gant, par devenir comme une seconde peau.

***

Le lundi suivant, je choisis d'attendre Marie-Sophie au coin des rues Saint-Jean et Sainte-Ursule. Du petit banc de ciment où j'étais assis, je pouvais voir, une cinquantaine de mètres plus haut sur Sainte-Ursule, le resto où elle travaillait et donc l'édifice où elle habitait. Mais encore une fois, elle déjoua mon attente et arriva plutôt par Saint-Jean : « Qu'est-ce que vous faites là ? Je vous attendais à la porte Saint-Jean, moi...

— Désolé, j'avais présumé que...

— Vous présumez beaucoup trop, monsieur, cela pourrait vous jouer de vilains tours, surtout avec moi ! »

Je bafouillai quelques mots d'excuse qui la firent rigoler : « Quand même, n'en faites pas trop, ce n'est pas si grave. » Aussitôt, me prenant par le bras, elle m'entraîna vivement à sa suite : « Venez, j'ai des choses à vous montrer. »

C'est là que je remarquai le sac de toile beige qu'elle portait en bandoulière. Elle marchait si rapidement, d'un pas si décidé, que j'avais de la difficulté à la suivre. « C'est pour trouver un endroit tranquille avant que je change d'idée », m'expliqua-t-elle. Rue des Remparts, entre deux canons, elle repéra un banc de parc qui ferait l'affaire et m'y fit asseoir. Elle ouvrit son sac, où j'aperçus son appareil-photo, et en sortit une

127

grande enveloppe brune : « Vous avez là-dedans une centaine de photos. J'aimerais que vous les regardiez rapidement et que vous choisissiez, sans trop y réfléchir, vos dix préférées. Je vous laisse une trentaine de minutes. »

Elle prit alors son appareil et partit se balader aux alentours pour faire quelques clichés. Comme c'est le genre de jeu qui me plaît bien, je me mis à la tâche avec entrain. Cependant, l'exercice n'avait rien de facile car il y avait des photos de toutes sortes, aux styles très différents les uns des autres. Pour y arriver, il me fallait procéder par élimination progressive. Mais moins il me restait de photos entre les mains, plus ça devenait ardu d'en éliminer. Quand Marie-Sophie revint, je jonglais toujours avec seize photographies. « Et alors ? Vous avez terminé ?

— Il me faudrait en éliminer encore six. Je n'y arrive pas, j'abandonne », dis-je en lui tendant les clichés que j'avais retenus.

Les passant en revue, elle me fit remarquer les défauts et les faiblesses de chacune de ces photographies. À l'écouter faire son autocritique, aucune ne semblait mériter d'être exposée publiquement. Il y en avait bien quelques-unes qui lui plaisaient, mais même celles-là n'étaient pas exemptes d'imperfections. De plus, elle parut tout à fait déconcertée par certains de mes choix : « Non ! Vous n'avez pas choisi celle-là ? Je ne pourrais jamais exposer ça.

— Je ne sais pas si vous pouvez ou non l'exposer, mais ce n'est pas ce que vous m'aviez demandé. Vous m'avez dit de choisir instinctivement mes préférées, et celle-ci fait sans contredit partie des trois ou quatre que j'aime le plus.

— Pourquoi ? » s'étonna-t-elle vivement.

C'était une photo en noir et blanc de ce qu'on appelait communément, du temps de mon enfance, une *express*, ces petites voiturettes de bois à quatre roues munies d'une longue poignée de fer à l'avant. Les jeunes enfants pouvaient s'y asseoir et être baladés par les parents ou les autres enfants. Dans la vie des garçons, c'était souvent le jouet le plus important avant qu'ils aient leur première bicyclette. Sur la photo de Marie-Sophie, l'*express* était usée, fatiguée par le temps et abîmée par les intempéries. De plus, elle émergeait d'un banc de neige agonisant que perforaient ici et là des plaques de gazon jauni. La photo avait dû être prise au printemps, à la fin du mois de mars ou au début d'avril.

Après avoir contemplé longuement cette image, j'expliquai à Marie-Sophie : « Cette image me parle, tout simplement. Elle me touche. Vous avez beau m'en montrer tous les défauts techniques, ça ne changera rien pour moi : de toutes vos photos, c'est la plus évocatrice pour moi. C'est un peu comme lorsqu'on écoute un vieux blues de Robert Johnson ou de Bessie Smith, on ne s'arrête pas à la piètre qualité sonore de l'enregistrement ou à la simplicité de la composition, on se laisse simplement bercer par l'émotion, à condition bien sûr que l'émotion de l'artiste ait une résonance en nous.

— C'est bien beau tout ça, mais concrètement, qu'est-ce qu'elle vous raconte de si important cette photo ? »

Après un moment de réflexion, tout en contemplant l'image, je lui répondis : «Elle me murmure la persistance de l'enfance, même blessée, même abîmée. Cette *express*, c'est mon cœur d'enfant, c'est moi à huit ou neuf ans : un enfant qui voudrait continuer à jouer innocemment, mais qui se sent déjà vieux, qui a été esquinté par la neige et les glaces; les roues ne tournent plus très bien, ça grince, et pourtant on pourrait encore éclater de rire en s'y laissant promener un peu. C'est ça pour moi, cette photo : l'enfance toujours possible malgré l'engourdissement d'un long hiver, malgré les malheurs qui gèlent le cœur et l'ennui qui recouvre parfois de longs pans de nos vies. Vous savez quel titre je lui donnerais ? *L'Innocence retrouvée.* »

Toutes ces réflexions avaient fini par m'émouvoir. Je sentais mon cœur s'attendrir, une sorte d'amollissement intérieur s'emparait de moi. J'étais sur le point de raconter mes blessures d'enfance, ces plaies qui se sont rouvertes il y a un peu plus d'un an sous les derniers assauts de la vie, toutes ces choses qui m'ont convaincu que j'étais davantage fait pour la rue que pour la vie en société. J'attendais que Marie-Sophie dise un mot, qu'elle pose une question, mais elle demeurait silencieuse. Je la crus tout d'abord pensive, absorbée par ses réflexions, mais quand je parvins enfin à croiser son regard, j'y décelai une lueur de désarroi, de crainte même, comme si elle appréhendait ce qui allait suivre. Après un long moment de silence, elle dit simplement : «En tout cas, je ne pourrais jamais exposer dans un lieu public une photo dont le cadrage est approximatif et dont le *focus* laisse à désirer. »

Elle remit nerveusement les photos dans son sac, me remercia pour mes commentaires et me souhaita bonne nuit. Alors qu'elle s'éloignait, je lui lançai : « Marie-Sophie, est-ce que je vous ai vexée ?

— Non, vous n'y êtes pour rien, c'est moi qui file un mauvais coton. Ça doit être le stress de l'exposition. D'ailleurs, comme le vernissage est la semaine prochaine, ça se peut qu'on ne se voie pas lundi qui vient. »

Ce fut là ma première incursion au cœur même du caractère complexe de Marie-Sophie. Je venais de découvrir le perfectionnisme qui la tenaillait. Mais en y repensant, je me disais que c'était un perfectionnisme paradoxal, car c'était tout de même elle qui avait choisi de mettre la photo de l'*express* dans la première pile. Si elle avait tenu à me la montrer malgré les imperfections qui la disqualifiaient d'emblée pour une exposition, c'est dire que ces défauts ne l'empêchaient pas, elle, de l'aimer cette photo. C'était donc une sorte de perfectionnisme à deux vitesses, la première suivant le rythme de ses sentiments profonds, alors que les exigences de la seconde étaient tributaires du regard des autres. Jusqu'à un certain point, cela est relativement commun et c'est pourquoi, à ce moment-là, cette réflexion ne me parut pas si importante et ne fit que me traverser l'esprit. Par contre, ce qui me troublait davantage c'était sa réaction lorsque j'avais évoqué mon enfance. Elle m'avait jeté un regard si étrange, alors que tout le haut de son corps s'était reculé, comme si elle avait été terrifiée par l'attendrissement qui me gagnait, comme si soudain elle avait eu peur de moi.

***

Le lundi suivant, c'est sans trop d'espoir que je rôdais autour de la porte Saint-Jean. Son vernissage avait lieu deux jours plus tard et sans doute était-elle débordée par les derniers préparatifs. Il pleuvait beaucoup et tout me semblait plus lourd : mes souliers et mon manteau détrempés, ainsi que mon âme que je traînais derrière moi comme une valise encombrante. Dans la tristesse où je pataugeais, mes pensées se teintaient toutes d'un certain fatalisme. Je me disais que si Marie-Sophie ne venait pas ce soir, il était probable que je ne la revoie jamais, car nos rencontres nocturnes du lundi n'avaient pas eu le temps encore de s'enraciner dans l'habitude, de devenir un rituel. En fait, avec la puérilité d'un adolescent romantique, j'effeuillais la noire marguerite de mes états d'âme pour donner des airs de destin au hasard.

C'est donc avec un grand soulagement que je la vis descendre la rue D'Auteuil ; en fait, ma joie était telle qu'elle balaya presque instantanément mon étonnement de la voir arriver par cette rue. Comme elle portait l'une de ses éternelles vestes de laine à capuchon, c'est d'abord par sa silhouette et sa démarche que je la reconnus. Lorsqu'elle fut assez près pour que je puisse apercevoir la lueur de son visage émerger de l'ombre de son capuchon, son demi-sourire énigmatique et son regard espiègle m'enchantèrent. C'est à ce moment précis que je découvris la beauté de Marie-Sophie, dans une espèce de révélation. « Je suis vraiment content que soyez venue, lui dis-je sur le ton d'une émouvante confession.

— Je vous préviens tout de suite, je ne pourrai pas rester longtemps. Deux cigarettes, pas plus ! »

Lorsque nous fûmes à l'abri, sous la grande arche de la porte Kent, elle m'expliqua : « En fait, je suis surtout venue pour m'excuser d'avoir été désagréable la semaine dernière. Vous savez maintenant qu'il m'arrive d'avoir mauvais caractère.

— Ce n'est pas bien grave, vous avez droit à vos humeurs, mademoiselle. Je dois pourtant avouer que j'ai été un peu abasourdi et que je n'ai pas trop compris ce qui avait pu vous mettre dans un tel état. Le stress relié à l'exposition peut-être ?

— Pas vraiment, non. C'était pas une histoire de photos... c'était plutôt lié à votre envolée oratoire sur l'enfance...

— Je ne comprends pas, j'ai dit des choses qui vous rappelaient de mauvais souvenirs ? Qui vous ont blessée ?

— Non, ce n'est pas ça non plus. C'est seulement la façon dont vous en parliez : vous sembliez si... je ne sais pas... ému... sensible... En fait, j'ai eu peur que vous vous mettiez à pleurer et ça m'a fait paniquer, voilà !

— Mais pourquoi ?

— Parce que je n'aime pas voir les gens pleurer, c'est tout. Je ne comprends pas les gens qui pleurent ; je ne sais jamais comment réagir, et je finis toujours par avoir l'air insensible.

— Je crois que le mieux est souvent de ne rien dire, de simplement prendre la main de l'autre ou de poser la sienne sur son épaule. Vous, vous ne pleurez jamais ?

— Non, c'est une fonction qui a été effacée de mon cerveau il y a une quinzaine d'années. C'est comme si un mécanisme de sécurité contre les surcharges émotives avait fait sauter un fusible pour éviter que celles-ci n'envahissent tout le système et le fassent éclater, le bousillent complètement. Sans ce mécanisme de protection, je ne serais probablement pas là pour vous parler ce soir. Sauf que le circuit ne s'est jamais reconstruit, que les connections ne se sont pas refaites. Certains pourraient penser que ça m'empêche de vivre pleinement, mais moi je me dis que si ça me permet de vivre tout court, c'est déjà pas mal.

— En tout cas, si c'est grâce à lui que j'ai pu vous connaître, j'approuve entièrement l'utilisation de ce mécanisme, peu importe ses inconvénients. Et vos excuses, je vous assure, sont superflues. Vous vous excuserez plutôt lorsque l'inverse se produira, c'est-à-dire lorsqu'une politesse mal placée vous poussera à l'insincérité.

— Ce n'est pas le cas ce soir, car ce que je viens de vous raconter, je n'en avais jamais parlé avant. »

Après ces explications, nous avons fumé en silence, comme si tout était dit. Sa cigarette terminée, Marie-Sophie me souhaita bonne nuit tout en faisant voler son mégot d'une chiquenaude désinvolte. Ce fut peut-être la discussion la plus courte que j'eus avec Marie-Sophie, mais ce fut sans doute la plus révélatrice. En la regardant s'éloigner sous la pluie, je fus assailli par un étrange bonheur : une personne venait de me confier la chose la plus précieuse qu'un être humain puisse confier à quelqu'un d'autre, la clef de son âme ! Je faisais donc toujours partie d'une certaine humanité. Cette pensée répandit en moi une douce chaleur qui me permit de passer une nuit magique malgré la pluie.

Cependant, comme c'est dans sa nature, l'extase fut bien sûr de courte durée. Dès le lendemain, un doute s'insinua en moi : pourquoi Marie-Sophie m'avait-elle fait une telle confidence ? Avait-elle, sans même me connaître réellement, l'intuition d'une parenté secrète entre nous ? D'une profonde sympathie, dans le sens où ce terme était employé il y a quelques siècles ? J'eus un début de réponse quelques jours plus tard, le jeudi suivant pour être plus précis.

Sachant que son vernissage avait eu lieu la veille, je décidai d'aller voir son exposition. En me voyant franchir le seuil du bar, le serveur me jeta un regard suspicieux. Sans doute se demandait-il s'il allait accepter ou non de me servir. Il parut donc soulagé lorsque je lui demandai si je pouvais seulement faire le tour pour regarder les photographies. Évidemment, la photo de l'*express* n'y était pas. D'ailleurs, des seize photos que j'avais retenues, une seule figurait parmi celles accrochées aux murs du bar. Je n'en fus pas moins emballé par le travail de Marie-Sophie. Elle savait nous faire voir des choses qu'on ne voit plus, même si ce sont des choses côtoyées au quotidien ; mieux encore, elle savait nous les faire voir autrement, faisant ressortir le merveilleux qui sommeille dans toute banalité. En quittant le bar, j'avais une envie folle de lui communiquer mon enthousiasme, de partager avec elle la joie que son travail venait de me procurer. Je sentais le besoin de m'assurer qu'elle était aussi convaincue que moi de son talent.

Sans trop réfléchir, je décidai donc d'aller à son café pour voir si elle travaillait. Je m'arrêtai devant la porte du resto et, tout en jetant des coups d'œil furtifs à l'intérieur, je fis semblant de consulter le menu affiché à l'entrée. Au bout d'un moment, je la vis sortir des cuisines, deux assiettes à la main, et se diriger vers une table près de la fenêtre. Je m'approchai de celle-ci de manière à ce qu'elle puisse m'apercevoir. C'est lorsqu'elle se redressa, après avoir déposé les plats devant les clients, qu'elle remarqua ma présence. Elle se figea, tout son corps semblant se raidir, et me toisa avec froideur. De la main, je lui fis signe de sortir un instant. Mais elle, sans hésitation, d'un petit mouvement sec de la tête, me répondit non et retourna en vitesse vers les cuisines.

Pour la seconde fois en moins d'une heure, je ressentais profondément et douloureusement ma clochardise. Depuis que j'avais choisi cet état, c'était la première fois que j'étais réellement blessé par le rejet. C'était d'ailleurs pour éviter ce sentiment que je me répétais constamment que j'étais entré en clochardise comme on entre en religion; ainsi, face aux regards méprisants des passants, je leur lançais en moi-même : « N'essayez pas de faire les frais avec moi, car c'est moi qui

ai rejeté la société, c'est moi qui vous rejette ! »
Je pouvais ainsi clocharder la tête haute, fier
comme un pape ! Mais là, c'était différent, ça
ne fonctionnait pas. Je ne pouvais accepter avec
indifférence que Marie-Sophie ait honte de moi,
qu'elle me regarde avec mépris. La douleur qui
me contractait l'estomac était la preuve que
je n'étais pas parvenu à rompre avec le genre
humain. Marie-Sophie était peut-être mon
dernier lien avec la société, mais à l'évidence,
c'était encore un lien suffisant pour créer de la
souffrance.

Les jours suivants, la blessure n'étant plus
aussi vive, je pus analyser l'événement avec davantage de lucidité. Il me fallait bien admettre
que j'avais fait preuve d'une certaine témérité,
ou plutôt d'une naïveté certaine, en pensant que
Marie-Sophie pouvait m'accueillir avec naturel
sur son lieu de travail. Dans cet endroit bondé de
touristes, la présence d'un clochard ne pouvait
être que mal vue. Cela, je le comprenais et je
ne lui en voulais plus de n'être pas venue me
parler. Mais était-ce nécessaire pour autant de se
montrer aussi glaciale, de me jeter un regard aussi
dur ? Voilà ce que j'avais hâte de lui demander
le lundi suivant.

**

Ce soir-là, c'est bien assis dans la pente gazon-
neuse qui monte de la rue D'Auteuil jusqu'au
sommet des remparts que je l'attendis. J'étais
assez éloigné de la rue pour qu'elle ne me voie
pas en descendant D'Auteuil. Je dus la siffler pour

qu'elle me remarque. Elle grimpa lentement la butte et se laissa choir à mes côtés sans dire un mot. Bien que je fusse encore un peu fâché, je m'appliquai à dissoudre le malaise que le silence risquait d'amplifier de seconde en seconde. Au bout d'un moment et comme si de rien n'était, je lançai un « Ça va ? » d'un naturel si forcé qu'il sonna tout à fait faux.

« Je suis exténuée, répondit-elle. On arrive à peine en juin et j'ai déjà hâte que la saison estivale soit terminée. On fait vraiment des journées de fous ces temps-ci. D'ailleurs, j'aimerais mieux que vous ne veniez pas me voir au café.

— J'ai bien vu ça...

— Ce n'est rien contre vous, c'est juste qu'au travail, ce n'est pas vraiment moi, vous comprenez ? C'est seulement un personnage de serveuse.

— Ne vous en faites pas, j'ai compris ; le langage non verbal de votre personnage était très clair ! C'était très bien joué ! »

Un long silence s'installa. Visiblement, Marie-Sophie n'avait pas l'intention de s'excuser cette fois-ci. Sans doute se rappelait-elle ce que je lui avais dit : que seul le manque de sincérité nécessitait des excuses. Pour oublier un peu ma frustration et faire baisser la tension, j'essayai d'engager la conversation sur un autre sujet : « Dites-moi, Marie-Sophie, pourquoi ne venez-vous pas à nos rendez-vous par Sainte-Ursule et Saint-Jean ? Pourquoi ce détour par Dauphine et D'Auteuil ?

— Pour la même raison que je ne veux pas que vous veniez au resto. Pour ne pas mélanger les choses.

— Je ne comprends pas, soufflai-je, déconte-nancé par cet étonnant retour du sujet que j'avais tenté de faire oublier.

— En fait, lorsque je viens vous voir, je des-cends par l'escalier de secours qui se trouve à l'arrière de l'édifice. Vous allez évidemment trouver ça bête, mais je n'ai pas envie que les gens du resto me voient sortir en pleine nuit. Souvent, à cette heure-là, il reste quelques employés qui prennent un verre entre eux avant de rentrer à la maison ; il y a aussi le concierge, qui est également mon voisin, qui fait son ménage. Pour tous ces gens, je ne suis que le personnage de serveuse dont je vous ai parlé.

— Et vous ne voulez pas qu'ils sachent que vous bavardez avec un clochard durant la nuit ?

— Je vous en prie, ne jouez pas au para-noïaque. Même s'ils me voyaient sortir, ils ne sauraient pas où je vais pour autant. Non, c'est pas ça, c'est juste que je tiens à garder une dis-tance bien claire entre ma vie au resto et ma vie personnelle. Ne me demandez pas pourquoi, je ne le sais pas. Je suis faite ainsi, c'est comme ça, c'est tout. »

Tout en apaisant le ressentiment qui couvait en moi depuis l'incident du jeudi précédent, cette explication me plongea dans une profonde tristesse. Sur le coup, la seule chose que j'en re-tenais c'est que Marie-Sophie refusait que j'entre pleinement dans sa vie, qu'elle n'acceptait de me rencontrer que la nuit, presque en cachette.

« Êtes-vous encore fâché contre moi ?

— Non, je suis seulement triste, épouvanta-blement triste. Je crois que ce serait préférable que je reste seul cette nuit. Je serais de toute façon de bien mauvaise compagnie. »

Puis, même si j'avais suffisamment d'argent, comme pour m'humilier, pour marquer que je me résignais au rôle auquel je me sentais assujetti, malgré moi cette fois-ci, je lui demandai en me relevant : « Vous n'auriez pas un peu de monnaie pour que je m'achète un café ?

— Non, je suis désolée ; je n'ai pas d'argent sur moi. »

Comme mes yeux commençaient à se mouiller, je me retournai et partis rapidement. Alors que j'allais tourner à gauche et disparaître par la porte Saint-Jean, je l'entendis crier : « Simon ! » Je me retournai. Elle me saluait de la main et cria à nouveau : « Bonne nuit, Simon ! » Cela me fit un bien étrange, comme si ces simples mots d'au revoir avaient été un baume surnaturel posé sur ma peine.

Mais ce n'est qu'une demi-heure plus tard que je compris ce qui s'était réellement produit. En criant mon prénom haut et fort à deux reprises, Marie-Sophie m'avait délivré du sort que j'avais voulu me jeter moi-même. Elle me disait clairement que ce n'est pas un clochard qu'elle venait visiter tous les lundis soir, mais l'être humain unique caché sous ce déguisement générique. Voilà pourquoi la sonorité de mon prénom avait eu l'effet d'une formule magique sur mon esprit. « Merci, Marie-Sophie. Simon te remercie, Marie-Sophie. Marie-Sophie... Marie-Sophie... », me répétai-je tout haut, comme une incantation, en marchant dans la nuit. Et chaque fois que je prononçais son prénom, mon cœur semblait s'alléger un peu plus.

* **

Cet incident fut une source d'abondantes réflexions durant la semaine suivante. Cette distinction entre Simon et le clochard, que Marie-Sophie m'avait fait intimement ressentir, me permettait de mieux comprendre ce qu'elle m'avait raconté de sa vie scindée en deux. Je voyais clairement à quel point j'avais pu être idiot de me plaindre du sort qu'elle me réservait ; orgueil mal placé sans doute. Marie-Sophie m'offrait le meilleur de ses deux mondes, le meilleur d'elle-même. Et si elle pouvait m'offrir en partage cette part la plus intime d'elle-même, c'est précisément parce que je ne connaissais pas l'autre part, celle qui est bien mise et soigneusement maquillée pour être socialement présentable. Ce privilège, qu'elle accordait si rarement, j'avais osé m'en plaindre ?

Par la suite, nos rencontres du lundi soir retrouvèrent le charme qu'elles avaient eu au départ. Il nous arrivait encore souvent d'aborder des sujets graves, difficiles pour l'un ou pour l'autre, mais toujours avec une certaine légèreté. En fait, nous étions surtout libérés du poids de nos personnages respectifs ; nous parlions sans le souci spéculaire de soi ou de séduire. L'absence de l'obsession sociale du paraître, dans l'univers nocturne que nous nous étions créé, nous permettait de développer une relation humaine plus libre et plus sincère. C'était comme un carnaval hebdomadaire où, pendant quelques heures, les conventions régissant les relations sociales étaient abolies; comme si la noirceur de la nuit, en masquant le monde autour, permettait à nos cœurs de s'éclairer plus directement l'un et l'autre et d'atteindre un degré de transparence que je n'avais jamais connu jusque-là.

C'est ainsi que, de semaine en semaine, bribe par bribe, je finis par révéler à Marie-Sophie à peu près toute l'histoire de ma vie. Au cours du mois de juin, je lui parlai surtout de mon enfance, de mon adolescence, et un peu de mes études. Puis, il a bien fallu que je lui parle de ma carrière avortée. C'était au début du mois de juillet; je m'en souviens car c'était durant le Festival d'été. Comme il y avait un achalandage inhabituel dans la vieille-ville, nous nous étions enfuis sur le bord du fleuve en marchant jusqu'à la marina de Sillery. Lorsque je fis allusion aux cours de littérature que j'avais donnés à l'université, elle sauta presque de joie et s'exclama : «J'en étais sûre! J'ai toujours su que vous étiez professeur.

— Attention, je n'étais qu'un chargé de cours. En fait, j'étais surtout un étudiant au doctorat et je ne pouvais devenir professeur puisque je n'ai jamais terminé ce foutu doctorat.

— C'est pas grave, c'est pareil puisque vous enseigniez.

— Peut-être, mais je vous assure que les conditions ne sont pas du tout les mêmes. Je ne pense pas tellement à l'argent en vous disant cela, mais plutôt aux regards qu'on pose sur vous. Vous êtes en probation, non seulement pour les étudiants, mais pour l'ensemble des gens du département.

Même après plusieurs années, vous avez toujours le sentiment de subir un examen incessant. À la longue, ça devient épuisant.

— C'est pour ça que vous avez décroché ?

— Non, je ne crois pas que ce fut la principale raison. Ce que je ne pouvais plus supporter, c'était davantage la fausseté que le stress. Une double fausseté : celle qui règne à l'interne, dans les relations entre les gens, et celle qui imprégnait la relation entre mon travail de chercheur universitaire et le monde dans lequel je vivais. Je m'étais progressivement spécialisé en littérature française du dix-huitième siècle. À la maîtrise, ce fut passionnant car je lisais les plus grands auteurs des Lumières : Montesquieu, Voltaire, Diderot et, surtout, Rousseau. Mais une fois au doctorat, sous prétexte d'originalité, on m'a laissé entendre qu'il serait plus profitable pour ma carrière de travailler sur des auteurs moins connus, des auteurs secondaires qu'on avait peu étudiés jusque-là. Ainsi, en me spécialisant à l'extrême, je pouvais devenir le seul spécialiste mondial d'un auteur ou d'un domaine presque oubliés. Au départ, grâce à l'enthousiasme que suscite toujours un nouveau projet, je me suis pris au jeu. Mais plus je m'acharnais à lire ces auteurs secondaires, plus je comprenais pourquoi ils n'avaient pratiquement jamais été étudiés depuis deux cents ans. Or, je n'avais pas envie de passer le reste de ma vie à pérorer sur des auteurs ou des sujets qui n'intéressent que sept ou huit personnes dans le monde. Je pouvais bien, et je peux toujours, défendre avec passion la pertinence de lire Diderot ou Rousseau aujourd'hui, mais je ne saurais vous convaincre avec la même sincérité de lire leurs disciples, Sedaine et Bernardin de Saint-Pierre.

— Et l'autre fausseté, celle des gens?

— Celle-là relevait peut-être davantage de mon incapacité à assimiler les mœurs du milieu. Je ne sais si c'est à cause de mes origines ouvrières, de mon entêtement à me réclamer du prolétariat, mais je n'ai jamais réussi à développer une amitié sincère et durable dans le monde universitaire. Pourtant, j'y ai rencontré de nombreuses personnes de qualité que j'appréciais beaucoup, mais c'est comme si l'atmosphère trop policée des lieux m'avait toujours empêché d'avoir de réels échanges. D'ailleurs, j'ai remarqué qu'à l'université, ce sont souvent les personnes qui se détestent le plus qui font preuve d'un excès de politesse lorsqu'elles se croisent. Sans parler des conférences et colloques de toutes sortes. De vraies orgies de fausseté, de condescendance et parfois même de mesquinerie.

— Vous auriez pu quitter le milieu universitaire sans pour autant devenir clochard, non?

— Bien sûr... Si j'ai décidé de décrocher complètement c'est que je ne voyais pas la fausseté à l'université seulement, mais partout autour de moi, aussi bien dans ma vie personnelle que dans la société en général. Je la sentais sur le point de m'envahir; il fallait que je sauve ma peau, ou plutôt mon âme, la vérité de ce que je suis ou, à tout le moins, de ce que j'ai toujours voulu être.

— Et votre vie personnelle, elle, en quoi était-elle fausse?»

Il fallait bien y venir à un moment ou un autre, mais cette nuit-là je n'étais pas prêt. J'avais déjà beaucoup parlé et j'étais trop fatigué pour faire le récit de l'événement qui avait bouleversé ma vie un an auparavant. « C'est une histoire difficile à raconter. Je vous en reparlerai une autre fois si vous voulez bien.

— Vous n'êtes pas obligé.

— Je sais, mais j'y tiens. »

***

Sans doute par délicatesse, Marie-Sophie ne revint pas sur le sujet dans les semaines qui suivirent. C'est moi qui le fis trois semaines plus tard, à la toute fin de la nuit, alors qu'elle s'apprêtait à rentrer chez elle. Nous avions passé les dernières heures dans l'ancien cimetière Saint-Matthews dans le faubourg Saint-Jean-Baptiste. La nuit était chaude et une douce brise incitait les vieux ormes à chuchoter au-dessus de nos têtes ; peut-être essaient-ils, pensai-je un instant, de nous révéler des secrets sur la mort et le sens de la vie. Marie-Sophie avait le cœur léger. Elle voyait enfin venir la fin de la saison estivale. D'ici quelques semaines, un mois tout au plus, l'achalandage diminuerait considérablement à son resto et la vie pourrait reprendre un cours plus normal, plus humain. Elle pourrait enfin songer à d'autres activités que le travail, à faire des choses pour elle-même, comme recommencer à faire de la photographie. Plutôt que le printemps, c'est l'automne qui était pour elle la saison des recommencements, des nouveaux projets. Je venais donc de passer de longs moments à l'écouter rêver tout haut, rayonnante d'avenir comme un matin neuf, même en pleine nuit. Adossée contre une pierre tombale et le regard perdu dans les feuillages des arbres et les bouts de ciel que leur mouvement laissait parfois apparaître, elle songeait aux nombreux chemins que la vie lui tendait comme des bras grands ouverts.

J'avais eu beaucoup de difficulté à me concentrer sur ses paroles tellement l'image qu'elle m'offrait était troublante pour moi. C'était un oxymore frappant que de la voir si pleine de vie, si assoiffée d'avenir, alors que son visage angélique était encadré par une épaisse plaque minérale rappelant que l'implacable fin peut survenir à tout moment. Inévitablement, cette image inusitée me fit songer à Rose-Marie. Alors que mon regard suivait les lèvres de Marie-Sophie, c'est la voix de Rose-Marie que j'entendais. Comme Marie-Sophie cette nuit-là, elle avait toujours été un peu rêveuse et passait beaucoup de temps à échafauder des projets merveilleux. Je ne pouvais m'empêcher de me demander si, comme pour Marie-Sophie à ce moment-là, je n'avais pas été trop distrait par sa beauté, si je n'avais pas manqué d'attention lorsqu'elle me parlait. Avais-je su bien l'écouter ?

Après avoir annoncé qu'elle devait rentrer et s'être levée, Marie-Sophie s'inquiéta de me voir rester immobile et silencieux : «Est-ce que ça va, Simon ?» Après un moment de réflexion, je commençai lentement : «Elle s'appelait Rose-Marie... J'ai passé dix ans de ma vie avec elle. Je l'ai aimée plus que toute autre chose sur la terre; en fait, c'est peut-être la seule personne que j'ai aimée vraiment dans ma vie. Elle était belle... belle comme... comme la vie. Toujours débordante d'énergie, imaginant sans cesse de nouveaux projets. Parmi ceux-ci, le plus important pour nous était sans doute celui d'avoir un enfant. Elle me stimulait, me poussait à vivre davantage et à vivre mieux surtout. Moi, tout en l'encourageant, je tempérais ses excès. Elle disait parfois que j'étais son havre de paix et m'appelait souvent son ermite préféré. En somme, nous nous complétions parfaitement. Du moins, c'est ce que je croyais. »

Je fis une pause pour respirer profondément. Marie-Sophie restait debout, une main posée sur la pierre qui lui avait servi de dossier; son attitude figée pouvait faire croire qu'elle faisait partie du monument funéraire sur lequel elle s'appuyait. Mais derrière cette crispation, je sentais la volonté de m'écouter jusqu'au bout, avec toute l'attention dont elle était capable.

Je repris donc : « Il y a près d'un an, en septembre dernier, elle s'est suicidée, sans... J'allais dire bêtement, sans raison; disons, sans explication. Elle n'a laissé aucune lettre d'adieu. Tout comme moi, ses amis et ses collègues de travail n'ont jamais perçu de signes avant-coureurs. La seule chose que j'ai pu découvrir après sa mort, c'est le médecin légiste qui me l'a apprise : « Vous saviez qu'elle était enceinte », m'a-t-il demandé. Depuis ce temps, je me demande si elle-même le savait et si ça a, ou aurait pu, changer quelque chose. »

Il fallut que je m'arrête une nouvelle fois, histoire de prendre quelques grandes respirations. Marie-Sophie ne disait rien et c'était bien ainsi.

« Vous voyez, ça, c'est la pire des faussetés dont je vous ai déjà parlé, c'est la fausseté suprême ! Moi qui croyais qu'elle était heureuse, que tout allait bien. Comment a-t-elle pu en arriver à un tel degré de désespoir sans ne jamais rien laisser paraître ? Sans le moindre signe qui m'aurait permis de deviner quelque chose ? À moins que ce soit moi qui aie manqué d'attention. Et moi qui croyais la connaître par cœur ! Bien que ça puisse paraître étrange, on dirait bien que le chagrin s'apaise plus rapidement que la colère. J'en ai un peu honte, mais parfois je ne peux m'empêcher de lui en vouloir, de la détester même. J'ai tellement de colère refoulée en moi... »

Disant cela, je ne pus contenir quelques sanglots. Mais je réussis à me ressaisir rapidement et pus poursuivre : « Il est souvent difficile de démêler la douleur de la colère. Enfin, à force d'avoir le sentiment que la vie trichait avec moi, je suis devenu hypersensible à toutes les manifestations de fausseté, d'hypocrisie ou d'insincérité. Même les gens qui m'offraient leur support me sont devenus insupportables parce que je sentais qu'ils le faisaient par convention, par habitude ou pour se donner bonne conscience. J'ai fini par me dire que si le monde autour ne respectait pas les mêmes règles que moi, il valait mieux me retirer et jouer seul le petit jeu de la vie. J'ai donc décidé que la clochardise était l'état qui me convenait le plus. Voilà, vous savez maintenant l'essentiel. »

Tout en étant visiblement touchée par mon récit, Marie-Sophie demeurait muette, ne sachant trop comment réagir. Comme je n'espérais pas vraiment de réaction, je lui fis comprendre qu'elle pouvait partir : « Merci de m'avoir écouté, Marie-Sophie, vous êtes la première personne à qui j'ose faire confiance depuis... Bonne nuit.

— Bonne nuit. »

Après le départ de Marie-Sophie, seul au milieu des stèles, je sentis une immense légèreté m'envahir. Ce n'était pas celle de l'être, difficilement supportable, mais plutôt la légèreté de la mise en récit, de l'être raconté. Celle que le récit insuffle dans l'être en lui donnant un sens, une direction. On pourrait aussi dire que c'était la légèreté d'un devenir artificiellement et temporairement figé par l'illusion du récit, une sorte de verticalisation du devenir. Comme si chaque mot était une montgolfière et que la puissance de leur union emportait une part de soi jusqu'au ciel de l'intelligibilité. Par la magie du récit, avoir soudain la clarté d'un archétype, la luminosité d'une idée platonicienne. Illusion de bien courte durée sans doute, mais combien apaisante. Halte régénératrice sur le long chemin de la connaissance de soi-même.

***

Ce sentiment de légèreté était si puissant qu'il résista à l'épreuve du réel presque tout le mois d'août. En effet, les deux rendez-vous suivants avec Marie-Sophie furent particulièrement joyeux, comme si le fait de lui avoir confié mon secret avait eu l'effet d'une catharsis.

Le premier de ces deux rendez-vous fut passé sur les plaines d'Abraham. Nous nous baladions tranquillement sur la pelouse parfaitement entretenue du parc et lorsque l'envie d'une cigarette nous prenait, nous nous étendions sur le dos pour fumer en contemplant le ciel. Marie-Sophie me racontait des situations cocasses que lui faisait vivre son métier de serveuse et moi je lui racontais des anecdotes sur mes années d'enseignement. Nous avons beaucoup ri cette nuit-là, de choses anodines et superficielles surtout, mais c'est tout ce dont nous avions envie à ce moment-là.

La semaine suivante, nous avons surtout parlé de voyages. Marie-Sophie avait apporté des photos prises lors de son séjour en Europe et, tout en me racontant l'histoire derrière chacune d'elle, elle me confiait son envie de repartir : « Ce voyage, c'est pour fuir certaines choses que je l'ai fait ; bientôt, quand je repartirai, ce sera plutôt pour chercher quelque chose.

— Vous savez quelle est la chose la plus précieuse que j'ai trouvée en voyage ? Un peu de moi-même. Voilà pour moi la principale richesse du voyage. En se sentant perdu, en se sentant étranger, prendre soudain conscience, de manière presque viscérale, des repères qui nous manquent et qui sont par conséquent ceux qui charpentent notre identité ; et ainsi voir un peu plus clairement qui on est. Un voyage sans peur, sans danger, est un voyage inutile. C'est un peu comme faire l'amour : il faut se mettre en état de vulnérabilité pour qu'il y ait un échange réel, sinon on ne fait que baiser en restant étranger à l'autre, on le touche à peine du bout d'un sexe ignorant.

— Oui, et c'est vrai que le tourisme, la plupart du temps, ce n'est qu'une p'tite vite, comme on dit.

— Et tant qu'à filer la métaphore, je dirais que comme dans les p'tites vites, c'est souvent le visiteur seul qui a la chance de jouir ; la visitée peut bien jouer le jeu et prendre plaisir à faire semblant, il n'en demeure pas moins que toute la mise en scène est faite en fonction du bon plaisir du riche et puissant visiteur.

— En somme, c'est comme la pornographie...

— Ah oui ! j'aime bien l'idée que le tourisme soit devenu pornographique ! »

À ce genre de réflexions pouvaient succéder de longs silences, puis des bavardages futiles émaillés de fous rires. Mais en me quittant cette nuit-là, Marie-Sophie revint à notre sujet principal : « Malgré ce qu'on a pu dire contre le tourisme, je persiste à rêver de voyages ; il faut continuer de donner une chance à la rencontre, n'est-ce pas ? » Sur le coup, je ne relevai même pas le sous-entendu, l'allusion qui m'était destinée. Sans doute étais-je trop bien, toujours à l'abri du réel dans le cocon de légèreté qui m'enveloppait.

***

Cependant, peut-être parce qu'il nous fait perdre conscience du temps, le bonheur, on le sait, passe très vite. Ainsi, alors que le mois d'août était déjà avancé, mon esprit continuait à se complaire dans l'insouciance du moment, comme si l'été devait être éternel, et comme si lui-même devait toujours demeurer imperméable au temps. C'est Marie-Sophie qui, le lundi suivant, me tira de cette rêverie qui durait depuis plusieurs semaines : « Je ne sais pas si vous avez remarqué, Simon, mais l'été tire déjà à sa fin.

— Je n'y avais guère songé. C'est vrai que les dernières nuits ont été plus fraîches.

— C'est justement là où je voulais en venir...

— Qu'est-ce que vous voulez dire ?

— L'automne, l'hiver... Qu'est-ce que vous allez faire ? Vous ne pouvez quand même pas passer l'hiver dehors !

— Je ne sais pas, je n'y ai pas vraiment pensé. »

Ce n'était pas tout à fait vrai. Cette question m'avait effleuré l'esprit à plusieurs reprises déjà, mais j'avais chaque fois repoussé l'échéance en me disant : on traversera la rivière lorsqu'elle sera gelée ! Et bien que je n'eusse pas vraiment envie de passer les mois de janvier et février sur les trottoirs glacés de la ville, je n'étais pas prêt à renier aussi facilement la vocation que j'avais embrassée, était-ce un hasard, au début du printemps. « Vous pensez que je suis un clochard du dimanche, n'est-ce pas ? Vous savez, il n'y a pas que des clochards à temps partiel dans la ville, il y a de nombreux clochards à temps plein. Et je compte déjà quelques amis parmi ces vrais de vrais qui ont plus d'un hiver à leur actif.

— Je sais très bien que ce n'est pas impossible, mais ce n'est pas parce que c'est possible que c'est souhaitable. Je ne crois pas non plus qu'en vous protégeant du froid vous vendiez votre âme à la société. Ça peut même devenir une meilleure façon de la combattre... de l'intérieur. Votre clochardise, comme vous vous plaisez à l'appeler, elle est en vous, comme un trésor enfoui dans un recoin secret de votre âme, et non dans le délabrement de vos habits ou dans des souffrances inutiles. Avez-vous vraiment besoin de vous flageller pour vous prouver votre foi ? »

C'était la première fois que Marie-Sophie s'inquiétait ainsi de ma situation. Bien que j'en fusse touché, cette tentative de réinsertion sociale me plongea dans une profonde perplexité. Par ses questions, Marie-Sophie me ramenait d'abord à une réalité que j'allais devoir affronter un jour ou l'autre, ce qui n'était somme toute qu'un mal nécessaire. Mais elle était allée plus loin, remettant en cause la vie que j'avais choisie. Et par-dessus tout, elle l'avait fait avec suffisamment d'intelligence et de sensibilité pour que le doute s'insinue jusqu'au cœur de moi-même. Jusqu'à quel point l'avais-je réellement choisie, cette vie ? Cette clochardise si vivement revendiquée, portée fièrement comme une tache à la boutonnière, ne relevait-elle pas un peu de la fable ? Une fable qu'on se récite la nuit, pour parvenir à s'endormir dans le froid d'une solitude sans fond ? Une fable comme un fanal faisant un peu de lumière dans l'ignorance de soi-même, une lueur ronde à nos pieds nous permettant de faire un pas et ainsi, un pas après l'autre, de trouver le chemin qui est le sien ? Et à travers toutes ces questions, une autre me revenait sans cesse : pourquoi Marie-Sophie avait-elle soudainement senti le besoin de nous remettre en cause, moi et la vie fabuleuse que je menais?

***

S'il était difficile de répondre aux autres, la dernière question, elle, s'éclaircit la semaine suivante. Alors qu'un vent froid du nord-est venait appuyer crûment les appréhensions dont elle m'avait fait part la semaine précédente, Marie-Sophie semblait particulièrement soucieuse ce soir-là. Nous nous étions réfugiés dans un petit tunnel au bout de la ruelle des Pains-Bénits, juste derrière l'église Notre-Dame-des-Victoires et un peu à l'écart de la place Royale. C'est après avoir allumé sa seconde cigarette qu'elle osa finalement se lancer : « Simon, j'ai une bonne et une mauvaise nouvelle à vous annoncer.

— Commencez donc par la mauvaise, ainsi la seconde lui servira de baume.

— C'est la même de toute façon ; une seule nouvelle, à la fois bonne et mauvaise.

— Je sens qu'elle risque d'être bonne pour vous et mauvaise pour moi.

— Peut-être, ça dépend de vous. Je pars bientôt et on ne se reverra probablement pas avant un bon bout de temps. »

À l'air qu'avait affiché Marie-Sophie, j'avais appréhendé une annonce de ce genre. Pourtant, mon pressentiment ne me permit pas d'adoucir le choc et je reçus les mots de Marie-Sophie comme des coups de poing en plein estomac. Mais je parvins à n'en rien laisser paraître et à poursuivre la conversation : « Et où allez-vous?

— Je retourne en Europe. J'ai une entrevue dans deux semaines dans une école de photographie de Paris. Si j'y suis admise, je risque d'être absente au moins deux ans; sinon, je vais passer l'hiver dans le sud de la France. Je n'ai pas l'intention de me laisser geler par la vie, moi», dit-elle en riant.

Elle avait lancé la dernière remarque comme une boutade, pour détendre l'atmosphère. Mais cette blague, qui ne se voulait nullement méchante, toucha une corde sensible, une fissure dans la digue qui m'avait permis de contenir mon émotion. J'éclatai en sanglots bien malgré moi; j'avais beau serrer les mâchoires, les poings et les paupières, mon incompréhensible douleur faisait éclater tous les obstacles. J'essayais d'autant plus de me contenir que je craignais de faire fuir Marie-Sophie. Mais voilà qu'au bout d'un moment je sentis sa main se poser sur la mienne et, d'une pression discrète, me laisser savoir qu'elle ne partirait pas, que je pouvais pleurer en toute quiétude. Dès lors, mes sanglots s'adoucirent. N'étant plus empêchée, ma peine pouvait s'écouler en ruisseaux plutôt qu'en cascades.

Je ne sais pas combien de temps j'ai pu pleurer ainsi, mais cela dura assez longtemps pour que je puisse affirmer avec certitude que je ne pleurais sûrement pas le seul départ de Marie-Sophie. Alors qu'elle tenait ma main entre les siennes, toutes les souffrances et détresses dissimulées depuis quelques années ruisselèrent sur mes joues. Lorsque j'arrivai enfin à me calmer, je la remerciai d'être restée. Elle me répondit par un sourire un peu gêné. Après quelques profondes respirations, je lui dis : «Je suis content pour vous, Marie-Sophie. Vous faites bien de partir et je suis sûr que tout se passera bien. Quand vous traverserez des moments plus difficiles, vous n'aurez qu'à penser à moi; ça vous rappellera que ça pourrait toujours être pire !

— Ça me rappellera surtout qu'on peut toujours faire preuve de courage et de dignité, même dans la plus grande vulnérabilité. »

Ce compliment m'émut au point où j'allais me remettre à pleurer. Mais Marie-Sophie, le devinant, m'en empêcha rapidement : «Vous n'allez pas remettre ça quand même, ça suffit, ordonna-t-elle sur un ton faussement maternel qui me fit sourire.

— Je ne sais pas ce qui m'attend, mais peu importe la suite des événements, sachez que vous aurez été très importante pour moi. Vous avez, en quelque sorte, sauvez l'humanité à mes yeux en m'insufflant un soupçon de confiance dans la fraternité. Vous me manquerez beaucoup, Marie-Sophie.

— Vous me manquerez aussi, Simon. »

Ce qui se passa ensuite n'est pas tout à fait clair pour moi. Assurément, j'ai voulu la prendre dans mes bras, la serrer contre moi. A-t-elle cru que je voulais l'embrasser ? Emporté par l'émotion, ai-je tenté de le faire ? Peut-être, en voyant nos visages se rapprocher l'un de l'autre, en ai-je eu l'envie. Mais je la sentis résister à mon étreinte et, lorsque je croisai son regard, je vis clairement dans ses yeux le dégoût que je lui inspirais. Cela ne dura qu'une fraction de seconde, car aussitôt elle camoufla du mieux qu'elle pouvait ce sentiment. Il était trop tard. Cette lueur de répulsion dans son regard m'avait soudainement fait prendre conscience de mon état physique lamentable. Je ne m'étais pas rasé depuis plusieurs mois et sans doute ne m'étais-je pas lavé non plus depuis de nombreuses semaines. À force de vivre dans la rue, on ne fait plus attention à ces détails. J'interrompis aussitôt mon mouvement et une lourde honte m'écrasa, me fit me recroqueviller sur moi-même, les bras croisés sur ma poitrine et le front presque collé à mes genoux repliés. Je bafouillai quelques excuses sans doute incompréhensibles et les larmes à nouveau emplirent mes yeux. Alors, Marie-Sophie passa un bras autour de mes épaules et m'attira vers elle. En me tournant un peu, je pus déposer ma tête contre son épaule. Et pour mieux savourer la douceur du moment, je fermai les yeux et respirai profondément. Quelques instants plus tard, Marie-Sophie prit ma main, la fit glisser entre sa veste et son chandail, la pressa contre son sein et la tint ainsi sans bouger. Nous sommes restés comme ça, l'un contre l'autre, de longues minutes, une éternité en fait puisque le temps s'était figé. En recueillant dans la paume de ma main la chaleur de son sein, j'avais l'impression de vivre un rite initiatique, comme si un *chaman* me transmettait son pouvoir occulte et que cette ronde chaleur allait me protéger de tous les hivers à venir. Et c'était un peu ça puisque depuis ce jour, chaque fois que la tristesse m'envahit, j'arrondis la paume de ma main, je ferme les yeux et repense très fort à ce moment; presque aussitôt, je retrouve la sensation précise du sein de Marie-

Sophie dans ma main, sa rondeur et sa chaleur, et rapidement une paix étrange enveloppe mon corps et mon esprit.

C'est une goutte qui me ramena à la réalité, qui me tira de l'espèce de transe dans laquelle j'étais. Elle tomba sur le haut de mon front et roula jusqu'à mon sourcil qui la fit prisonnière. Il me fallut quelques instants pour réaliser que ce ne pouvait être une goutte de pluie. Quand je pris conscience du miracle, je me redressai et posai mes lèvres sur la tempe de Marie-Sophie, tout juste au coin de son œil. «C'est bon, lui murmurai-je, juste assez salé.» Elle sourit, se redressa à son tour et s'essuya les yeux du revers des mains, comme une enfant, pensai-je pour moi-même en l'imaginant dans une *express*. Comme je voyais qu'elle se préparait à rentrer chez elle, je lui demandai : «Est-ce que j'aurai l'occasion de vous revoir une dernière fois avant votre départ ?

— Je pars mardi prochain. Il nous reste donc une dernière nuit, lundi prochain.

— C'est bon, je le note dans mon agenda.»

Alors qu'elle était déjà debout, une idée un peu folle me traversa l'esprit. Sans doute porté par l'euphorie du moment magique que nous venions de vivre, j'osai lui en faire part : «Est-ce que je peux vous demander une dernière faveur ?

— Essayez toujours...

— J'aimerais beaucoup avoir une photo de vous en souvenir; et, si ça ne vous semble pas trop déplacé, ce serait merveilleux si cette photo me laissait entrevoir le sein si tendre que j'ai pu sentir au creux de ma main.

— Je vais y penser », murmura-t-elle, visiblement troublée par ma demande.

***

Les jours suivants me parurent à la fois interminables et beaucoup trop courts. Interminables parce que j'étais impatient de revoir Marie-Sophie, de célébrer en sa compagnie cet événement génial qu'était pour elle son départ ; je fantasmais des adieux émouvants et inoubliables, je voulais faire de nos derniers moments ensemble une cérémonie qui serait mémorable pour chacun de nous. D'un autre côté, plus le temps filait plus je devenais anxieux car je n'arrivais pas à me faire à l'idée que bientôt je ne reverrais plus Marie-Sophie. D'imaginer ma vie sans elle m'attristait et m'angoissait étrangement. En ce sens, bien que ce ne fût pas aussi déchirant et douloureux, j'avais un peu l'impression de vivre l'équivalent d'une rupture amoureuse. Maintenant qu'elle se préparait à sortir de ma vie, je prenais conscience du rôle important qu'elle y avait joué au cours des derniers mois. Avant de faire sa connaissance, j'étais heureux du choix que j'avais fait de vivre en marge de la société et radicalement seul. J'avais la conviction que le monde n'avait plus aucune emprise sur moi et que j'étais enfin libre. Mais peut-être était-ce simplement parce que je ne voyais pas comment faire autrement, ou parce que je ne voulais pas admettre que c'était plutôt moi qui n'avais plus aucune emprise sur mon monde ? Chose certaine, Marie-Sophie avait ramené une part d'humanité dans ma vie et j'imaginais difficilement comment je pourrais désormais vivre sans cette lumière particulière d'une altérité complice.

Le lundi après-midi, je fis tout pour me préparer convenablement aux adieux que j'allais vivre en fin de soirée. Je tâchai tout d'abord de me rendre présentable. Après être allé faire ma toilette à l'Armée du salut, je me rendis chez Emmaüs où, pour quelques dollars, je pus m'acheter un veston propre et une cravate. Par la suite, je fis le tour des librairies d'occasion de la rue Saint-Jean. Pour son départ, je voulais offrir un livre à Marie-Sophie, mais l'argent amassé durant la semaine ne me permettait pas de lui en acheter un neuf. Par chance, je finis par tomber sur le livre idéal : *Il n'y a plus de chemin*. Ce petit recueil de prose poétique a toujours été mon œuvre préférée de Jacques Brault, l'un des écrivains qui eurent une grande importance dans ma vie. Et comble de pertinence, le narrateur de ce texte magnifique n'est rien de moins qu'un clochard !

Il ne me restait plus qu'à écrire une jolie dédicace sur la page de garde. J'imaginai de nombreuses formules pour remercier Marie-Sophie d'être passée dans ma vie et lui souhaiter de réaliser ses rêves. Mais plus je travaillais le brouillon de cette dédicace, plus elle devenait mièvre et nébuleuse. Je décidai finalement d'opter pour la simplicité et la concision : *Merci, Marie-Sophie, de m'avoir ramené parmi les humains... J'espère que ce nouveau départ vous permettra de trouver votre chemin.* Une fois ces quelques mots écrits, je passai les heures qui me séparaient de mon rendez-vous à cueillir, ici et là dans la ville, des fleurs de toutes sortes. J'en amassai tant que Marie-Sophie pouffa de rire lorsqu'elle devina ma silhouette derrière l'énorme bouquet qui tournait en rond devant la porte Saint-Jean : « Pardon, monsieur le Bouquet, se moqua-t-elle, accepteriez-vous de fumer quelques cigarettes en ma compagnie, histoire de souligner cet agréable jour férié ?

— Quoi ?

— Je sais bien que vous préférez la fête des travailleurs, mais pourquoi se priver d'une fête supplémentaire ? »

Pas un instant je n'avais songé que c'était le jour de la fête du travail. Cette coïncidence m'apparut comme un indice de plus qu'une boucle se fermait ce soir-là. Pour marquer le coup, nous avons décidé de retourner là où nous avions passé nos premiers moments ensemble le soir du premier mai, c'est-à-dire au parc de l'Artillerie. Chemin faisant, Marie-Sophie prit la peine de manifester son appréciation en constatant le soin apporté à ma tenue vestimentaire : « C'est agréable de vous voir aussi bien mis, Simon, vous êtes très élégant !

— Merci, mais il ne faudrait tout de même pas que vous versiez dans la flagornerie, je suis propre, tout simplement.

— Et la barbe, c'est par crainte que je ne vous reconnaisse pas que vous l'avez gardée ?

— Non, c'est plutôt parce que je n'avais pas de rasoir, alors je me suis contenté de la tailler aux ciseaux. »

Lorsque nous fûmes enfin adossés à un arbre du parc, Marie-Sophie sortit de son sac une bouteille de vin mousseux et deux petites coupes en plastique. Après avoir trinqué à son départ, nous avons parlé des derniers préparatifs de son voyage, de la fébrilité qui s'empare toujours de nous quelques heures avant un départ, de l'inévitable inquiétude d'oublier quelque chose. Puis, de longs silences, de plus en plus nombreux, entrecoupèrent nos échanges. Mais ces silences n'étaient pas alourdis par le malaise. Au contraire, c'était le silence complice de deux êtres qui ne veulent pas souiller la beauté d'un moment par des mots inutiles.

Quand nous eûmes terminé la bouteille de vin, Marie-Sophie m'annonça qu'elle devrait partir bientôt, ses bagages n'étant pas encore tout à fait prêts. Je sortis alors de ma poche le cadeau que je lui avais apporté : « Tenez, Marie-Sophie, vous mettrez ça dans votre sac à dos, ça pourrait devenir votre meilleur compagnon de voyage.

— Merci beaucoup, c'est gentil. C'est une très bonne idée, je ne savais justement pas quelle lecture apporter.

— C'est sans doute le livre que j'ai lu le plus souvent dans ma vie. Il raconte que lorsque des chemins nous échappent, on devient tous un peu clochard, d'une façon ou d'une autre. Mais au fond, peu importe ce que vous en retiendrez, l'important c'est que ça parle de clochardise et que vous ne pourrez faire autrement que de penser à moi en le lisant. »

Au moment où je lui disais cela, elle remarqua la dédicace. Je vis bien, à son expression, qu'elle était touchée : « C'est la plus belle chose qu'on m'ait jamais dite, vous savez. Alors, si c'est vrai que je vous ai ramené parmi les humains, est-ce que ça veut dire que vous ne passerez pas l'hiver dehors?

— Je ne saurais vous le promettre encore; la vie est si incertaine, et si difficile parfois. J'avoue que j'aimerais bien avoir quelque chose comme un chez-moi lorsque viendront les grands froids. »

Cette fois il n'y eut pas d'équivoque : c'est Marie-Sophie qui s'accrocha à mon cou et qui plaqua un chaud baiser contre ma joue. Puis nous restâmes enlacés plusieurs minutes, aussi heureux qu'on puisse l'être au moment d'un adieu. Après m'avoir donné un autre baiser sur la joue, Marie-Sophie se détacha lentement de moi, se leva, puis sortit de son sac un petit paquet soigneusement enveloppé : « Voici votre cadeau à vous, la photo que vous m'aviez demandée. Cependant, il ne faut pas l'ouvrir avant que je sois très loin. Si cela devait vous décevoir, je préfère ne pas le savoir.

— Pourtant, ma main sait très bien que mon œil ne pourra être déçu!

— Attendez de voir, vous risquez d'être surpris... Bonne chance, Simon.

— Bon voyage, Marie-Sophie, et si vous croisez cette chance dont vous me parlez, saisissez-la bien et tordez lui un peu le cou pour moi.

— Promis. »

Alors qu'elle s'éloignait déjà, je dis tout bas, sans trop réfléchir : « Je vous aime, Marie-Sophie. » Je ne sais pas si elle m'entendit, mais le simple fait de prononcer ces quelques mots m'emplit d'un étrange bonheur. Je la suivis du regard jusqu'à ce que sa silhouette soit absorbée par les ombres de la nuit. Ce n'est qu'à ce moment-là que, selon la consigne qui m'avait été donnée, j'ouvris mon cadeau. La photo était recouverte de ce petit mot : *Ce n'est peut-être pas ce que vous attendiez, mais je vous assure que je ne peux me révéler davantage, me mettre plus à nu, qu'avec cette photo. J'espère qu'elle vous plaira.* Sous cette note, je trouvai une photo où Marie-Sophie n'apparaissait même pas, mais qui pourtant me plut instantanément. C'était une prise de vue assez particulière d'un escalier de secours, sans aucun doute celui qu'elle utilisait tous les lundis soirs pour venir à ma rencontre. Dans une sorte de contre-plongée à partir du bas de l'escalier, on voit celui-ci monter vers le ciel. L'angle adopté fait en sorte qu'on a un peu l'impression que l'escalier flotte dans les airs, car l'édifice auquel il se raccroche n'est pas visible sur la photo. Prise lors d'une nuit d'hiver, l'image est également parsemée de flocons de neige étincelant dans une lumière blafarde qu'on devine être celle d'un réverbère. Mieux encore, l'escalier ne semble conduire qu'à cette lumière, comme s'il allait se perdre dans un étrange soleil de nuit.

Je fus tout d'abord un peu déçu de n'avoir pas l'image de Marie-Sophie sur la photo qu'elle me laissait en souvenir. J'avais beau la trouver superbe, je me disais qu'il serait plus difficile de rêver à Marie-Sophie en contemplant cette photo artistique que ce ne l'eût été avec un simple po-laroïd la montrant en gros plan. Comme je me trompais ! Cette photo-métaphore d'elle-même me fit penser à Marie-Sophie plus longtemps, plus intensément, que n'aurait pu le faire le plus magnifique des portraits. En choisissant de m'offrir cette image poétique d'elle-même plutôt qu'une simple description physique et prosaïque, Marie-Sophie se doutait sûrement qu'elle habiterait mon esprit d'une façon beaucoup plus vivante et durable. À force de réfléchir aux correspondances entre cet escalier de secours et celle qui l'avait photographié, le souvenir de Marie-Sophie s'est imprégné dans mon âme aussi profondément qu'une vieille rengaine populaire qu'on siffle en marchant. Désormais, je connaissais Marie-Sophie par cœur de la même manière que l'on sait par cœur les poèmes qui ont marqué la mélancolie de notre jeunesse :

« *Il pleure dans mon cœur*
Comme il pleut sur la ville... »

***

Je ne compte plus les heures que j'ai passées à contempler cette photo dans les semaines qui ont suivi le départ de Marie-Sophie. Et c'est d'abord pour mettre de l'ordre dans mes idées, pour mieux organiser les diverses interprétations possibles, que j'ai voulu écrire ce texte. Je sentais le besoin, pour résoudre l'énigme métaphotographique de Marie-Sophie, de coucher sur le papier tous les éléments significatifs, comme on étale sur le plancher toutes les pièces d'un meuble à assembler. Et maintenant que j'arrive à l'étape finale, j'ai soudain le pressentiment qu'il manquera toujours un morceau, ne serait-ce qu'une vis ou un écrou.

Pour espérer comprendre de quelle façon cet escalier peut représenter Marie-Sophie, il faut d'abord voir ce qu'il est en lui-même. Première constatation : cet objet n'a pas de fonction esthétique ; comme il est dissimulé à l'arrière de l'édifice, qu'il n'est pas offert à la vue des passants, on s'est peu soucié de son apparence. L'important, c'est qu'il nous permette de fuir en cas de catastrophe. Et de ces catastrophes, Marie-Sophie en a connu quelques-unes dans son enfance et sans doute a-t-elle eu besoin, pour survivre, d'une sortie de secours imaginaire pour échapper à la cruauté du réel. Depuis, l'âme de Marie-Sophie, tout comme son logis, possède deux voies d'accès : l'une qu'elle offre à la vue des gens et par où elle les accueille, l'autre par laquelle elle s'enfuit à la recherche d'elle-même. Par ailleurs, avant d'être un escalier de secours, l'objet photographié est d'abord un escalier tout court ; c'est-à-dire une construction ayant pour fonction de nous permettre de monter et descendre, d'être à la hauteur désirée. Pour moi, voilà l'élément clef. Et contrairement à ce que j'ai pu parfois penser, le besoin pressant que ressent Marie-Sophie d'être à la hauteur n'est pas une sensibilité exacerbée au regard de l'autre ; c'est d'abord et avant tout la manière que Marie-Sophie a trouvée de s'aimer elle-même. C'est peut-être même une façon d'échapper à ce regard de l'autre qui, dès son enfance, a noirci les fenêtres de l'édifice toujours en construction qu'est le moi. Dans la pénombre constante de cette identité entachée, comment aurait-elle pu se voir clairement et, surtout, se trouver belle ?

Comme la lumière ne pouvait plus traverser l'épaisse poussière recouvrant les carreaux de sa façade, elle a pris l'habitude de se réfugier dans l'arrière-cour de son imaginaire où elle seule peut décider si elle est à la hauteur. Et là elle a découvert le secours d'un escalier conduisant à une autre sorte de lumière, et cette lumière différente est devenue sa passion. Depuis, elle cherche à toucher cette lumière qui brille en haut de son escalier, comme si dans le mystère de celle-ci, il y avait un peu de son propre mystère et de sa propre beauté ; depuis, elle devine également cette lumière dans tous les recoins de la ville et de sa vie, tapie entre l'usure des choses et l'in-différence des gens. Et elle tente de la caresser, de l'apprivoiser afin qu'elle veuille bien l'accom-pagner jusque dans les nuits trop sombres.

Cette quête l'entraîne maintenant jusqu'à Paris. A-t-elle été acceptée à l'école de photo-graphie ? Peu importe, puisqu'au fond ça ne change rien à l'essentiel : que ce soit à l'intérieur des cadres institutionnels d'une école ou sur les routes de la Provence, sa quête trouvera son chemin, j'en suis sûr. Jusqu'où ? Encore une fois, là n'est pas la question, car chaque être humain est d'abord un chemin, bien plus qu'une desti-nation. Et l'art n'est peut-être que le récit que l'on fait, à soi-même d'abord, de ce chemin parcouru, que ce soit par l'écriture ou une simple photo-graphie, comme l'a si bien fait Marie-Sophie avec celle de l'escalier de secours.

***

Ce matin, j'ai relu pour la première fois depuis plusieurs années ce texte que j'ai écrit il y a près de quatre ans. J'ai commencé à rédiger cette histoire environ un mois après le départ de Marie-Sophie. Je venais de me trouver une chambre un peu sordide dans Saint-Roch, où je n'avais ni téléviseur ni téléphone ; mon seul projet et ma seule occupation en retrouvant un toit étaient de faire le récit de l'été que je venais de vivre avec Marie-Sophie. C'était d'abord par ce récit que je voulais me rappeler au bon souvenir de l'humanité. C'était une sorte de programme de réinsertion sociale bien à moi et il n'était pas question que je me cherche un emploi avant d'avoir terminé cette rédaction. Ce fut évidemment plus long que je ne l'avais imaginé, mais c'était une étape nécessaire, un passage obligé. Au départ, je pensais n'écrire que quelques pages sur Marie-Sophie et sur sa façon de me redonner le goût de l'humanité, mais je prenais un tel plaisir à me remémorer les moments passés avec elle que je ne pouvais m'empêcher d'étirer mon récit, d'ajouter sans cesse de ces petits détails qui emplissent une vie.

Pourquoi ai-je ressorti ce texte ? Ce matin, en feuilletant distraitement le cahier *Arts et Spectacles* du journal, mon regard fut soudain arrêté par une photo : celle de l'escalier de secours ! Exactement la même que Marie-Sophie m'a laissée la dernière fois qu'on s'est vus il y a quatre ans. En lisant la légende sous la photo, j'appris que Marie-Sophie présente actuellement une exposition dans une galerie de la rue Saint-Paul. Il me fallut plusieurs minutes pour encaisser le choc. De découvrir ainsi que Marie-Sophie était de retour me rendait bien sûr euphorique, mais en même temps la possibilité de retrouvailles inopinées n'était pas sans susciter une certaine anxiété en moi. Lorsque je me fus calmé, mon premier réflexe fut de chercher, dans le fouillis de mon bureau, ce texte que j'avais écrit pour elle. En le retrouvant, la première chose qui me frappa, c'est que je n'avais pas donné de titre à mon récit. Il faut dire que je n'avais jamais tenté de faire publier ce texte ; je ne l'avais même jamais fait lire à qui que ce soit, me disant que ce serait un manque de délicatesse de le faire avant d'avoir obtenu l'assentiment de Marie-Sophie. Maintenant que j'allais enfin pouvoir le lui faire lire, le titre était tout trouvé : c'était tout simplement le même que celui de son exposition, *Le Secours de l'escalier.*

En relisant mon texte, j'eus l'inévitable envie de corriger plusieurs petites choses, de masquer certains détails ou sentiments, de gommer ou d'enrober ici et là, par pudeur sans doute, mais aussi par crainte peut-être. Puis je me suis ravisé. Encore une fois, c'est Marie-Sophie qui me montrait la voie : n'avait-elle pas choisi comme pièce titre et affiche de son exposition la photo de l'escalier ? Si elle osait enfin aller à la rencontre des gens par son escalier de secours, je me devais d'avoir la sincérité de me présenter à elle avec un texte qui me montre tel que j'étais lors de son passage dans ma vie. Après tout, on ne change pas de passé comme on change de chemise ! Ayant repoussé toute tentation révisionniste, il ne me restait plus qu'à foncer.

Après avoir pris une douche et m'être rasé, je me mis en route vers la galerie. Comme ce n'est qu'à une vingtaine de minutes de chez moi, je décidai d'y aller à pied. Le cœur léger et la tête dans les nuages, je marchais avec insouciance vers un rêve dont la réalisation, il y a quelques heures à peine, m'aurait semblé presque impossible. Ce n'est qu'en descendant la côte du Palais que je commençai à m'inquiéter : comment devais-je me présenter et me comporter ? Quel ton me fallait-il adopter ? Et elle, comment allait-elle réagir en me voyant ? Et si la magie n'était pas au rendez-vous ? Je devins si nerveux en arrivant devant la galerie que je continuai mon chemin ; il me fallut faire deux fois l'aller-retour jusqu'au bout de la rue Saint-Paul avant d'oser pousser la porte de la galerie.

Une femme d'âge mûr, sans doute la propriétaire des lieux, m'accueillit d'un large sourire. Je jetai un coup d'œil à la ronde pour vite constater que Marie-Sophie n'était pas dans la salle d'exposition. Ce répit était bienvenu, il me permettait de souffler un peu avant le face-à-face à la fois souhaité et redouté. Comme j'avais tout de même hâte de savoir à quoi m'en tenir, j'allai tout de suite m'informer auprès de la dame au large sourire : « Excusez-moi, je constate que l'artiste n'est pas présente en ce moment ; savez-vous si elle passera aujourd'hui ?

— Elle est partie dîner, elle devrait être de retour dans une heure tout au plus. Voulez-vous que je lui transmette un message, ou préférez-vous revenir plus tard ? »

Après un moment de réflexion, je me dis que ce serait bien qu'elle s'attende à une visite, mais sans nécessairement savoir que ce serait moi :

« Je repasserai dans l'après-midi, mais j'aimerais que vous la préveniez. Dites-lui que quelqu'un aimerait obtenir l'autorisation d'utiliser la photo de l'escalier de secours pour illustrer une nouvelle.

— Et quel est votre nom ?

— Euh... je suis monsieur Saint-Laurent. »

Après une courte hésitation, je me suis rappelé que Marie-Sophie ne connaissait pas mon nom de famille, tout comme je ne connaissais pas le sien avant de le lire dans le journal du matin. J'étais assez content de mon stratagème car je savais maintenant qu'elle m'attendrait avec curiosité : qui peut bien être, se demanderait-elle, ce monsieur Saint-Laurent qui veut utiliser ma photo ? Comme je voulais être parti avant son retour, je fis un tour très rapide de l'exposition. La toute première photo devant laquelle on se retrouvait, en suivant le parcours recommandé, était précisément celle de l'escalier de secours, mais dans un format immense. L'effet saisissant de cette photo était ainsi décuplé ; c'en était vertigineux ! Les photos suivantes étaient toutes plus récentes, mais me semblaient participer du même esprit que celles que j'avais vues quelques années auparavant. Beaucoup d'objets et d'édifices usés, brisés, abandonnés. Des choses simples et banales qui se détériorent, qui se meurent, simplement parce qu'on ne les remarque plus, qu'on les oublie et les néglige ; alors que lorsqu'on prend le temps de les regarder, comme le fait pour nous l'artiste, on peut y déceler une beauté persistante. Devant la photo d'un autobus scolaire en ruine au milieu d'un champ en friche, une pensée soudaine me traversa l'esprit : cet autobus qui se déglingue par simple manque d'attention, n'évoque-t-il pas le sort réservé à bien des enfants qu'il a pu transporter autrefois ? Les premières photos de l'exposition avaient presque toutes été prises de nuit; des photos sombres donc, avec quelques pointes de lumière ici et là, comme des étoiles à suivre, des espérances à rattraper. Puis, plus on avançait, plus les photos devenaient lumineuses. Jusqu'à la dernière qui explosait de blancheur, les cristaux d'une neige printanière multipliant à l'infini les rayons d'un soleil promettant un renouveau. C'était la photo de l'*express !* Après quelques secondes de stupéfaction, je ne pus retenir une larme en apercevant le titre placé sous le cadre : *L'Innocence retrouvée de Simon,* sans prix !

Je sortis de la galerie en vitesse et en évitant le regard de la propriétaire. J'étais très touché, bouleversé même, de constater que Marie-Sophie ne m'avait pas oublié et que, jusqu'à un certain point, j'avais pu compter dans sa vie comme elle avait compté dans la mienne. Instinctivement, je marchai jusqu'au fleuve, comme si l'immense bonheur qui m'envahissait avait besoin d'un horizon plus large et plus lointain pour respirer pleinement. Tout en suivant du regard les dernières glaces du printemps, je me disais que le fil de l'âme, tout comme le fil de l'eau, finit toujours par trouver le chemin qui le mène à l'estuaire qui est le sien, à l'océan qui lui revient. Après avoir savouré longuement mon bonheur et médité sur les détours que les hasards de la vie nous imposent parfois pour l'aborder, je me sentis prêt à aller à la rencontre de Marie-Sophie.

Cette fois, ce fut avec calme et assurance que je franchis le seuil de la galerie. Lorsqu'elle me vit entrer, la dame au vaste sourire me fit signe d'attendre un moment et se rendit jusqu'à la porte entrouverte d'un bureau adjacent à la salle d'exposition : « Marie-Sophie, monsieur Saint-Laurent est de retour. »

Lorsqu'elle sortit du bureau et s'avança vers moi, je ne pus m'empêcher de sourire. C'était tout de même assez amusant de la retrouver, après tout ce temps, vêtue de façon aussi élégante. Elle portait une longue jupe noire et un chemisier léger à travers lequel je devinai tout de suite la forme du sein qui m'avait tant fait de bien. Ses cheveux, autrefois plus courts que les miens, valsaient joyeusement sur ses épaules. C'était comme si une adolescente m'avait quitté il y a quatre ans pour me revenir aujourd'hui en femme. Lorsqu'elle fut à quelques pas de moi, elle fronça un peu les sourcils, hésitante : « Simon ? Est-ce bien vous ? » Mon sourire éclata alors en rire sonore et nous nous enlaçâmes tendrement. Puis, reculant de quelques pas, elle m'examina longuement : « Je n'en reviens pas ! Je n'aurais jamais cru que vous puissiez être aussi séduisant !

— Peut-être, mais soyez prudente, mon clochard intérieur est encore bien vivant ! Je vous ferai remarquer que vous n'êtes pas mal non plus. On est loin des vestes à capuchon que vous portiez toujours à l'époque.

— Ce n'est qu'un uniforme, mon costume de vendeuse. Mais ne vous en faites pas, sous ce déguisement, il y a toujours un petit garçon manqué.

— C'est comme l'escalier du porche d'entrée, celui pour la visite, mais derrière il y a toujours un escalier de secours...

— Exactement ! Comme vous pouvez le constater, dit-elle en pointant la photo, je n'ai plus honte de cet escalier de secours... et la visite est prévenue que je peux m'en servir à tout moment pour m'enfuir.

— Je suis très fier de vous, Marie-Sophie. J'ai aussi été très touché par le courage dont vous avez fait preuve en osant terminer votre exposition avec une photo pleine de défauts.

— Vous l'avez vue... La beauté, c'est parfois autre chose que l'absence de défauts, n'est-ce pas ? »

J'approuvai d'un signe de tête et la serrai à nouveau dans mes bras. Puis, se rappelant soudain le message que lui avait transmis la propriétaire de la galerie : « C'est quoi cette histoire de nouvelle et d'autorisation ? C'est une blague ?

— Pas du tout, voici d'ailleurs le manuscrit en question. C'est un texte que j'ai écrit quelques semaines après votre départ, au moment où j'essayais de réintégrer la société. Comme vous en êtes le personnage principal, je ne voulais pas le publier avant que vous ne l'ayez lu et m'ayez donné votre consentement. Comme les prémices de ce texte ont germé dans mon esprit alors que j'analysais la photo de l'escalier de secours, il ne pourrait y avoir de meilleure illustration pour une éventuelle publication.

— Tu as écrit une histoire à partir de ma photo? *Wow!* je ne sais pas quoi dire... je suis vraiment surprise.

— Il n'y a rien à dire avant de l'avoir lue, sinon que c'est effectivement un bon moment pour commencer à se tutoyer.

— Je suis désolée, c'est sorti tout seul.

— Bah, le vouvoiement, ce n'était qu'un jeu après tout, et tous les jeux doivent évoluer. »

Comme de nouveaux visiteurs venaient d'arriver et qu'elle voulait prendre le temps de s'occuper d'eux, Marie-Sophie me demanda si on pouvait se voir dans la soirée. J'aurais bien voulu l'inviter à souper, mais elle devait rester à la galerie jusqu'à neuf heures. Alors, avec le sourire espiègle qui lui va si bien, elle me proposa : « On pourrait peut-être se rejoindre à la porte Saint-Jean en fin de soirée ?

— À quelle heure ?

— Disons vers minuit, comme ça j'aurai le temps de lire ton texte.

— Parfait, j'y serai. »

***

Tout ça, c'était en début d'après-midi, vers quatorze heures. L'horloge indique maintenant vingt-trois heures quinze et je n'ai pas cessé depuis de penser à Marie-Sophie, à ces retrouvailles impromptues et à notre rendez-vous de fin de soirée. Le temps m'a rarement paru si lent et si long. Tellement que j'ai fini par me dire :

175

tant qu'à ressasser sans cesse les événements de la journée, aussi bien les mettre par écrit. Et maintenant que je dois lâcher la plume pour aller à la rencontre de Marie-Sophie, je me rends compte que je viens d'écrire un épilogue pour le texte qu'elle est sans doute en train de lire en ce moment même.

Tout juste avant de partir, une question me vient soudain à l'esprit : par où arrivera-t-elle cette fois ici ? Et si elle me tombait du ciel ? Comme un ange sorti tout droit de la lumière où conduit son escalier de secours...

Table des matières

Cet ouvrage
composé en New Baskerville corps 11
a été achevé d'imprimer
sur les presses de Marquis imprimeur
à Cap-Saint-Ignace, en octobre 2008
pour le compte
des éditions de la Pleine Lune

Imprimé au Québec (Canada)